KB183643

그리고
밤은 온다

그리고
밤은 온다

도노 가이토 지음
김도연 옮김

빈페이지

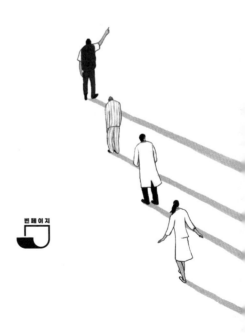

프
롤
로
그

조용한 건물 안은 오늘도 삶의 냄새로 가득하다.

탈의실 앞에서 이 냄새를 맡고 있으면 '아, 오늘도 출근했구나'라는 실감이 난다. 약품 냄새와는 다르다. 남의 집에서 풍기는 일상의 흔적이 묻어나는 냄새도 아니다. 살짝 달큼한 향이다. 음식이나 시트에 남은 섬유 유연제의 향이 뒤섞인 탓이리라.

탈의실에서 희고 깨끗한 유니폼으로 갈아입는다. 옛날에 비하면 간호사 유니폼도 컬러가 다양해졌지만, 우리 병원은 여전히 흰색이다.

어깨 근처까지 자란 머리카락을 뒤로 묶는다.

머리핀이 탁 소리를 내면, 그 순간을 신호로 오늘도 나의 일이 시작된다.

일러두기
1. 모든 각주는 옮긴이 주입니다.
2. 본문에 등장하는 인물의 이름, 지명 등은 국립국어원의 외래어
표기법을 따랐습니다.

차례

제1화

천국과 가까운 곳

적막한 아침 복도를 향해 걸었다. 모든 병실이 1인 실이라 각 방의 생활 소음은 닫힌 문 너머로 새어 나오지 않는다. 우리 병원은 두 개의 동을 가진 대형 종합병원이지만 원내에서 이 정도로 조용한 곳은 여기 4층, 완화의료 병동뿐이다.

의료용 카트를 밀었다. 저소음 설계 바퀴가 가볍게 달그락거린다. 카트는 한손으로 움직일 수 있을 만큼 작지만, 그 위에는 환자의 상태나 컨디션 기록을 위한 노트북과 일회용 장갑, 휴지통이 있다. 모두 병실 순회를 할 때 필요한 물품이다.

총 10개의 병실 중 대형 TV와 냉장고가 있는 유료 병실은 하나이고 나머지는 추가 비용이 따로 없다.

지금은 빈 병실이 없지만 설사 생기더라도 금세 새로운 환자가 들어온다. 시설을 둘러보기 위해 오는 사람도 적지 않다. 아픈 사람이 많아서일까, 아니면 완화의료 병동이 부족해서일까. 아마 두 가지 다 이유일 것이다.

"잘 주무셨어요?"

공식적으로는 아침에 환자들에게 인사를 건네는 것으로 업무가 시작되지만, 사실 간호사는 출근해서 옷을 갈아입는 것부터 일이다. 야간 근무자와의 인수인계 업무도 있지만 막상 환자를 마주하는 순간에는 바짝 긴장이 된다.

"좋은 아침이야."

403호실에 입원한 하시즈메 씨는 72세. 대장암을 앓고 있는 그의 몸은 뼈와 힘줄이 피부에 드러날 정도로 야위었다. 그래도 목소리만큼은 우렁차다. 실제 성량보다 훨씬 박력 있는 말투를 쓰지만 위압감보다는 활기가 느껴져서 알아듣기 편했다.

완화의료 병동의 모든 병실에는 심박수나 호흡 측정기, 모니터링 장비를 두지 않는다. 덕분에 공간이 여유롭고, 일반 병실에서 흔히 들리는 기계음도 없다.

입원 환자들은 대부분 말기 암이다. 암이라 해도 발병 부위나 진행 단계에 따라 증상이 다 달라서 같은 병동에 입원한 환자라도 상태는 천차만별이다. 식사 시간을 즐기는 사람부터 음식을 넘기는 것도 힘든 사람, 복도를 거닐거나 테라스에서 바깥 공기를 쐬는 사람, 혼자서는 일어서지도 못하는 사람, 대화를 즐기는 사람이 있는가 하면 말을 걸어도 반응이 없는 사람도 있다.

하시즈메 씨의 경우 일단 대화에는 문제가 없었다.

"어제 야간 경기는 정말 힘들었어. 계투 타이밍이 안 좋았지. 왜 잘하고 있던 선발 투수를 그 타이밍에 교체한 건지 도저히 이해가 안 돼."

인사가 끝나자마자 하시즈메 씨는 좋아하는 야구 이야기부터 꺼냈다. 나는 야구를 잘 몰라서 무슨 말인지 제대로 이해하지 못했지만 "그러게 말이에요"라며 맞장구를 쳐주었다.

완화의료 병동에 입원한 환자 대부분은 주치의에게 '여명餘命1개월 이내'라는 시한부 선고를 받은 사람들이다.

　물론 시한부 선고가 반드시 들어맞는 것은 아니다. 어디까지나 주치의의 경험에 근거한 추측이므로 당연히 빗나가기도 한다. 입원 후 두 달을 넘기는 환자도 있었지만, 예상보다 일찍 떠난 경우도 있었다.

　완화의료는 말기 암 치료만을 위한 것이 아니었다. 암으로 인한 통증은 물론이고, 치료 과정에서 겪는 심리적 불안과 신체적 고통을 줄이는 데 초점을 두기 때문에 암의 초기 치료와 동시에 시작되기도 한다.

　하지만 우리 병동 환자들은 대부분 말기 암이었기에 하시즈메 씨처럼 말이 많고 의식이 뚜렷한 환자는 좀처럼 보기 드물었다.

　"맥박 좀 잴게요."

　하시즈메 씨의 손목을 잡으며 상의 주머니에서 시계를 꺼냈다.

　간호사 일은 시계 볼 일이 많다. 시계는 맥박 잴 때는 물론 수액을 교체한 뒤 주입 속도를 조절할 때 초침과 수액이 떨어지는 속도를 비교할 수 있어서 유용하다.

시계를 휴대하는 방법은 간호사마다 다른데, 나는 스트랩을 달아 상의 주머니에 넣는 것이 편하다.

나는 한 손에 시계를 올려놓고 다른 손으로 하시즈메 씨의 혈관을 찾았다. 메마른 피부 아래로 앙상한 뼈와 근육의 감촉이 바로 전해졌다. 그 안에서 손가락 끝으로 혈관의 미세한 움직임을 찾아내야 한다.

1분 간 하시즈메 씨의 맥박 수를 잰 뒤 "다 됐습니다"하고 손을 놓았다. 나는 시계를 다시 주머니에 넣는 동시에 그의 맥박을 기록했다. 일주일 동안 컨디션은 안정적이었고 맥박에도 큰 변화는 없었다.

"하시즈메 씨, 컨디션은 어때요?"

"그다지 좋지 않아. 3연전은 패배 확정이야. 클라이맥스 시리즈* 진출도 절망적이고. 정말 어처구니가 없다니까."

"그건 정말 안타깝게 됐네요."

---

* 일본 프로야구에서 정규리그 우승팀을 포함한 상위 3개 팀이 일본 시리즈 진출권을 놓고 겨루는 플레이오프 경기

내가 물은 것은 하시즈메 씨의 컨디션이지, 그가 응원하는 야구팀이 아니었다. 그래도 이렇게 말할 정도면 상태는 양호해 보인다. 불면이나 섬망 같은 증상도 나타나지 않을 것이다.

당연한 이야기지만 이곳에 입원한 환자들은 상태가 안 좋을 때가 많다.

극심한 통증에 시달리는 사람, 잠을 이루지 못하는 사람, 열이 안 떨어지는 사람 등 저마다 다양한 증상을 호소한다.

그런 온갖 고통을 약이나 수액으로 조절해야 하는데, 증상이 심해지면 기대만큼 약효가 나타나지 않을 때도 있었다. 약에 따라 부작용도 심해서 그에 대처해야 하는 일도 부지기수였다. 그래도 하시즈메 씨는 약효가 꽤 좋았는지 체온과 혈압에도 문제가 없었고 수치화할 수 없는 심리적인 부분도 괜찮아 보였다.

"그러고 보니, 그러니까 그⋯⋯."

하시즈메 씨가 내 명찰을 찾는 듯 고개를 기웃거렸다. 주치의와 달리 간호사는 환자가 얼굴과 이름을 기억하기 힘든 직업이다. 근무 요일이나 시간대에 따라 담당 간호사가 바뀌는 데다 마스크를 쓰고 있기 때문에 얼굴을 알아보는 건 어려웠다. 그럼에도 간호사의 이름을 직접 부르려는 하시즈메 씨의 노력은 반갑기만 하다.

내가 아무렇지 않은 척 명찰이 잘 보이도록 상체를 살짝 펴자 하시즈메 씨가 바로 눈치챈 듯했다.

"구라타 씨는 야구장에 간 적 있어?"

"아뇨, 없어요."

"그것참, 아쉽군. 야구장은 야구에 흥미가 없어도 즐길 수 있는 곳이라고. 나도 소싯적엔 발이 닳도록 다녔지. 시합만 보는 거라면 중계방송을 보는 게 훨씬 낫지만 현장 분위기를 느끼려면 직접 가보는 수밖에 없거든. 그럼, 따로 좋아하는 스포츠는?"

하시즈메 씨는 아직 하고 싶은 말이 많아 보였다.

가능하다면 함께 장단을 맞춰주고 싶었지만, 아직 환자들의 아침 컨디션 체크가 다 끝나지 않아서 한 병실에 오래 머무를 수는 없었다. 그렇다고 계속 말을 걸어오는 사람을 뿌리치는 것도 난감했다.

"옛날에는 축구를 좀 봤어요. 남동생이 좋아해서

같이 보곤 했죠."

"그래? 축구도 멋진 스포츠지. 특히 승부차기로 넘어갈 때의 그 긴장감은 말로 표현할 수 없을 정도야."

"하시즈메 씨는 스포츠를 진짜 좋아하시나 봐요."

결국 나는 잠시 짬을 내서 하시즈메 씨와의 대화를 이어가기로 했다.

담당 환자들과 인사를 마치고 나면 수액 교체와 약 준비가 이어진다. 수액이나 약은 투여 용량이나 시간에 실수가 생기면 환자 생명에 치명적이기 때문에 만에 하나라도 실수가 생기지 않도록 반드시 여러 사람이 확인하는 과정을 거친다. 이 일이 끝나면 다음은 콘퍼런스다. 간호사와 주치의가 모여서 각 환자에 관한 치료 계획과 증상, 진행 단계에 대한 정보를 공유한다.

"그렇군요. 좋아하는 스포츠에 몰두할 수 있다는 건 좋은 일이에요."

주치의인 다카하시 선생은 내가 정리한 하시즈메

씨의 현황을 받아 보고 입가에 미소를 지었다.

다카하시 선생은 간호사는 물론이고 환자들 사이에서도 듣기 편한 바리톤 음색의 목소리를 가진 평판 좋은 40대 남자 의사다. 카페인 의존증인 그의 몸에서는 항상 커피 냄새가 난다.

"10월이면 리그전 종반이라 한층 분위기가 무르익을 텐데 그 기분 알 만해요. 그런데 가족분들과의 면담은 어떻게 됐나요?"

"연락은 드렸는데 시간 내기가 어려운 것 같아요."

환자 치료 방식은 원칙상 환자 본인 의사를 존중해야 하지만 가족의 입장을 확인하는 것도 중요하다. 입원 치료를 계속하는 게 나은지, 아니면 정들고 익숙한 집에서 남은 시간을 보내는 편이 좋은지. 이런 결정에는 정답이 없어서 환자마다 적합한 답을 찾아내야 한다.

하시즈메 씨는 부인이 이미 세상을 떠난 데다 가까운 가족이라고는 딸 하나뿐이다. 그런 이유로 병원 측에서는 딸과 상의해서 앞으로의 치료 방식을 정하고 싶었지만, 몇 차례에 걸친 연락에도 딸의 반응은 시큰둥했다. 바쁜 탓인지 전화가 연결되는 일 자체가 드물었고, 어쩌다 전화를 받아도 '시간이 안 난다'라고 하는 바람에 면담이 차일피일 미뤄졌다.

"저는 언제든 괜찮으니까 따님 스케줄을 우선해서 면담 날짜를 잡아주세요."

다카하시 선생은 그렇게 말하며 다음 환자에 대한 콘퍼런스로 넘어갔다.

나는 하시즈메 씨 가족 면담이 신경 쓰였지만 그 일에만 매달려 있을 수는 없었다. 입원 환자는 그 외에도 많았으니까.

낮에는 점심 배식 업무가 시작된다.

다른 입원 병동에서는 재활 운동도 겸해서 식기가 놓인 트레이를 환자 스스로 옮기도록 독려하지만, 우리 병동에서는 간호사가 대신했다. 나는 근무하는 동안 모든 환자를 동등하게 대하려고 노력하는데, 사람과 사람 사이에 일어나는 커뮤니케이션에는 궁합이란 게 있다. 얼굴을 마주하기만 해도 대화에 활기가 도는 환자가 있는가 하면 말을 붙일 엄두조차 안 나는 환자도 있다.

이를테면 406호실 환자인 가리타 고타로 군처럼.

소아암의 일종인 신경모세포종을 앓고 있는 고타로는 아직 열두 살로, 하반신 마비와 잦은 고열에 시달리고 있었다.

다행히 오늘은 아침부터 열이 내렸고 의식도 또렷해 보였지만 고타로는 세 번 부르면 두 번은 무시하는 까다로운 환자였다.

"고타로, 좀 어떠니? 오늘은 밥을 좀 먹을 수 있을 것 같아?"

몸집이 작은 열두 살 소년은 말을 걸어도 얼굴을 돌린 채 아무런 대답이 없다. 못 들었다기 보다는 일부러 무시하는 태도다. 대답은 안 해도 괜찮지만 식욕이 없는 건 문제였다.

"고타로, 혹시 좋아하는 음식 있어?"

어떤 음식이든 직접 먹는 게 중요하다. 체력을 유지하려면 영양 섭취가 중요하기 때문이다. 다만 증상에 따라서는 식욕부진으로 고생하는 환자도 있었다.

그 대책으로 영양사는 환자가 조금이라도 먹고 싶

을 만한 음식으로 식단을 제공했지만 아직 고타로에게는 효과가 없었다.

오늘 점심도 고타로의 아빠가 말했던 삼색 젤리를 준비했지만 고타로는 눈길 한 번 주지 않았다.

"아버지한테 어느 정도 전해 들었지만, 고타로한테도 듣고 싶어서. 직접 말해주면 영양사 선생님이 맛있는 식단을 준비해 주실 거야."

내가 재차 말을 걸어도 고타로는 역시 무반응이었다. 대화의 실마리를 찾아보려고 병실을 둘러봤다.

완화의료 병동의 1인실은 일반 병동 병실에 비해 널찍했다. 면회 오는 가족과 편안한 시간을 보낼 수 있도록 소파도 배치해 두었다. 입원 기간이 긴 환자의 병실에는 개인 물품 반입이 가능해서 환자의 개성이 드러나기도 했다.

고타로의 병실에는 만화 잡지와 게임기 같은 고타로 것이 분명한 물건들이 있었지만 그 어느 것도 누군가 갖고 놀거나 만진 흔적이 없었다. 병실에 처음 가져왔던 모습 그대로 가지런히 놓여 방치되어 있을 뿐이었다.

누군가가 만진 흔적이 있는 물건은 방 한쪽 구석에 놓인 상자뿐. 반쯤 열려 있는 상자 안에는 물이 든 페트병이 들어 있었고, 같은 상자가 이미 세 개나 쌓여 있는 상태였다.

"웃기지 않아요?"

상자를 보고 있다는 사실을 눈치챈 걸까. 고타로가 작고 지친 목소리로 물었다. 조금 전까지 다른 곳을 향해 있던 고타로의 눈길이 상자에 가닿았다.

"그거, 엄마가 가져온 거예요. 마시면 병이 낫는 물이라나."

어떻게 대답해야 좋을까. 어려운 문제다.

자유 진료. 이른바 민간요법이다.

이 세상에는 현대 의학이나 과학적으로 아무런 효과가 증명되지 않았음에도 암을 치료한다는 말만으로 물이나 가루, 장식품 같은 것들을 사고파는 행위가 흔했다. 그런 물건들은 대부분 상식적으로는 이해할 수 없을 정도로 터무니없는 가격을 요구했다. 아마 상자 속 물도 그중 하나일 것이다.

굳이 말하자면, 나는 그런 것들을 믿지 않는다. 병

으로 약해진 환자의 마음을 파고들어 돈을 갈취하려는 것 같아서 경멸스러운 느낌도 든다. 하지만 고가의 가격을 제외하면 심리적인 안정을 높이는 데 효과가 있다는 점은 부인할 수 없다.

의학적인 효과가 의심스럽다 해도, 병원에서는 그것들을 곁에 두는 것만으로도 환자 본인이나 가족이 안심할 수 있다면 병실 반입을 완전히 배제하지는 않았다. 치료상 문제가 되지 않는 범위 내에서라면 민간요법도 병행한다는 것이 우리 병원의 방침이었다. 이상한 식단이나 약물, 과도한 운동을 강요하는 민간요법은 엄격히 금하지만, 그 정도 수준이 아니라면 크게 개입하지 않는 편이었다. 고타로의 병실에 있는 온갖 종류의 상자도 그런 이유로 이곳에 놓여 있다.

"엄마는 아직도 내가 나을 수 있을 거라고 생각해요. 멀리서 열리는 세미나에 가기도 하고, 한 병에 몇만 엔씩 하는 물을 사와요. 의사가 하는 말은 안 믿어도 인터넷에서 찾은 자칭 '살아 있는 신'이 하는 말은 믿거든요. 진짜 웃기죠?"

열에 들뜬 듯한 말투로 고타로가 투덜거렸다.

"이렇게 계속 고통스럽기만 할 바엔 차라리 빨리 죽고 싶은데."

고타로 시선의 초점은 이 방 어디에도 맞춰져 있지 않은 것처럼 보였다. 하지만 고타로는 틀림없이 내게 말하고 있었다. 나는 할 말을 잃을 뻔했지만 간호사가 환자에게 동요하는 모습을 보일 수는 없었다. 간호사의 동요는 환자를 불안하게 만들 수 있기 때문에 나는 최대한 상냥한 목소리로 말했다.

"괜찮아, 약효가 나타나면 조금 편해질 거야."

고타로는 다른 곳으로 고개를 돌렸고 아무 말도 하지 않았다.

점심 배식이 끝난 뒤에는 활동 보조가 필요한 환자를 케어해야 한다. 입원 환자 중에는 고타로처럼 혼자 힘으로는 일어설 수 없는 사람도 있다. 그런 환자에게는 이동과 배변 도움이 필요하다.

유료 병실에 입원한 마쓰모토 씨가 바로 그런 환자다.

"자세 좀 바꿀게요."

내가 말하자 누워 있는 마쓰모토 씨가 부드러운 목소리로 대답했다.

"그럼, 부탁할게요."

나는 베개 위치를 조절하고 마쓰모토 씨의 팔을 가슴 위에 포갰다. 이어서 내가 발을 움직여 달라고 부탁하자 마쓰모토 씨는 양 무릎을 차례대로 한 쪽씩 세웠다. 이렇게 하면 무릎을 손 앞으로 당기기만 해도 상반신과 함께 움직일 수 있어서 옆으로 눕히기 수월하다. 피부에 상처가 나지 않도록 동작 하나하나 조심스럽게, 말을 걸어가면서 하되 시간은 너무 오래 걸리지 않도록 주의한다. 보조가 필요한 환자의 자세를 바꿀 때는 상당한 체력이 필요하지만 힘만으로 할 수 있는 일이 아니다.

"고마워요. 덕분에 편해졌어요."

마쓰모토 씨가 휴우, 하며 작게 숨을 내쉬었다.

44세인 마쓰모토 씨는 유방암을 앓고 있는데, 암이 다른 곳으로 전이되어 혼자 이동하는 게 힘들다. 그럼에도 그녀는 내게 열심히 이야기를 들려주고 고맙다는 말도 잊지 않는다.

누군가에게 감사의 마음을 표현하는 건 언뜻 당
연한 일로 여기기 쉽지만, 생각보다 훨씬 어려운 일이
다. 환자의 입장이 되면 더욱 그렇다. 환자는 자신의
몸이 점점 말을 듣지 않는다는 걸 느끼게 되면 지금
까지 해왔던 일들을 할 수 없게 된다는 사실에 엄청
난 스트레스를 받는다. 그걸 가까운 사람이나 의료
종사자에게 푸는 사람도 적지 않다.

그런 힘든 상황에서도 타인에게 감사의 말을 전한
다는 건 대단한 일이다. 나는 환자에게 감사 인사를
들을 때마다 그 사람에 대한 경외심이 더욱 커진다.

"크리스마스 선물 말이에요."

마쓰모토 씨가 불쑥 말을 꺼냈다.

"아들한테 어떤 선물을 해야 할까 내내 생각했는
데, 뭐가 좋을지 도저히 모르겠어요."

마쓰모토 씨의 눈길이 침대 옆에 놓인 액자로 향했
다. 액자 속 사진에는 마쓰모토 씨와 한 남자아이가
함께 찍혀 있다.

사진 속 과거의 마쓰모토 씨는 새하얀 스커트가
과해 보이지 않을 정도로 아름다운 사람이다. 그도

그럴 것이 암 진단을 받기 전까지 그녀는 도쿄에서 잘나가는 유명 배우였다. 하지만 마쓰모토 씨는 지금 자신의 모습을 세상에 알리고 싶어 하지 않는 눈치다.

과거 어느 한 시절의 여름을 오려낸 사진 속 마쓰모토 씨는 모두가 눈부시다 말할 정도로 미소가 환한 얼굴이다. 함께 있는 남자아이도 즐겁다는 듯 웃고 있다. 두 사람은 물총을 손에 든 채 머리까지 흠뻑 젖은 모습이다.

"아직 10월이긴 하지만, 미리 생각해 둬야 할 것 같아서요. 그 아이도 벌써 고등학생이라 뭘 좋아하는지도 모르겠고."

사진 속 남자아이는 세 살배기 정도로 보였다. 아마도 15년 전 즈음에 찍은 사진일 것이다.

"아드님은 어떤 걸 좋아해요?"

"옛날에는 영웅 놀이 같은 걸 자주 했는데 지금은 어떨지 모르겠네요. 동아리 활동도 안 하는 것 같아서 뭘 좋아할지 잘 안 떠오르네요."

아들에게 줄 크리스마스 선물에 몰두해 있는 마쓰

모토 씨의 옆얼굴은 병상에 누워 있어도 여전히 아름 다웠다. 아들 이야기를 하는 그녀의 말투에서 애정이 묻어났지만 나는 아직 마쓰모토 씨 아들을 직접 본 적이 없었다. 병문안을 오는 사람이라고는 그녀의 양 친 뿐. 다른 누군가가 함께 온 적은 내 기억에도 방 문 기록에도 남아 있지 않았다.

"12월까지는 아직 시간이 있으니까 같이 생각해 봐 요. 저도 요즘 고등학생들이 좋아할 만한 게 뭔지 찾 아볼게요."

"그래요. 고마워요."

나의 무난한 대답에 고개를 끄덕이는 마쓰모토 씨 의 시선은 여전히 사진에 멈춰 있었다. 마치 바라보 고 있으면 그 시간으로 돌아갈 수 있다고 믿는 것처 럼. 그런 깊은 눈빛이었다.

아침 8시에 시작된 업무는 오후 5시에 끝난다.

하지만 환자의 상태를 예측하기 어렵다 보니 제시 간에 일이 끝나지 않는 날도 적지 않다. 오늘도 퇴근 이 한 시간 이상 늦어졌다.

이런 날은 집에서 밥을 차려 먹고 싶지 않았다.

밖에서 사 먹을 기분도 아니었다. 더구나 집에서 기다리고 있을 반려견을 생각하면 될 수 있는 한 일찍 집에 가고 싶었다. 이럴 때 병원 매점이 아주 편리하다. 일부러 마트에 들르지 않아도 병원 안에서 장을 볼 수 있었다.

병원 지하에 있는 매점은 인스턴트 식품은 물론 생활용품도 많았다. 매점에 들른 나는 칫솔과 두루마리 휴지처럼 자주 쓰는 물건도 같이 담았다.

계산대에 있는 하마다 씨는 내가 이 병원에 근무하기 전부터 매점에서 일하던 고참 파트타임 직원이다. 아들 셋을 키우고 있고 목소리가 조금 크다.

"지금 퇴근해요? 아니면 야간 근무?"

"아뇨, 퇴근하는 길이에요. 업무 인계하는 데 시간이 걸려서 좀 늦었어요."

"그렇다고 저녁을 인스턴트로 때우려고? 집에서 먹을 거면 더 좋은 걸 먹어야지. 젊은 사람이 이런 것만 먹으면 건강에 안 좋아요."

"젊은 나이는 이미 한참 전에 지났어요."

그러고 보니 내 30대도 이제 끝자락에 와 있다. 사회인이 된 후로는 1년이 점점 짧아지고 체감하는 것보다 더 빠르게 나이를 먹는 것 같다.

"그럴수록 식사에 더 신경 써야지. 맞다! 양파랑 요구르트가 몸에 좋다나 봐. 피가 맑아진대."

하마다 씨는 누구에게나 스스럼없이 말을 건다.

계산하는 시간은 하마다 씨의 독무대다. 하마다 씨는 병원 사정에도 밝은 데다 활기가 넘쳐 유쾌했고 어딘가 모르게 엄마를 떠올리게 하는 면이 있었다.

나는 하마다 씨의 이야기에 맞장구를 치다가 문득 계산대 근처에 세워진 배달용 카트를 발견했다.

"배달 카트가 왜 여기 세워져 있어요?"

"아 그거, 바퀴 상태가 좀 이상해서. 제멋대로 오른쪽으로 돌아가서 힘들었는데 오늘 드디어 새 바퀴로 교체했거든. 이왕이면 카트 자체를 새 거로 바꾸고 싶었는데 어딜 가나 불경기라 지긋지긋하다니까."

한 가지를 물으면 하마다 씨의 대답은 열 배가 되어 돌아온다. 역시 유쾌한 사람이다.

"오늘 배달도 하마다 씨가 하는 거예요?"

"아니. 새로 들어온 아르바이트생이 있거든. 지금은 뒤에서 박스 정리하고 있어."

하마다 씨가 등 뒤에 있는 문을 힐끗 봤다. 아마도 저 안에 새로 온 아르바이트생이 있다는 거겠지.

"요즘은 그 친구가 배달 다녀오는 일이 늘어서 도움이 많이 돼. 아무래도 배달은 체력이 필요하잖아? 허리랑 어깨 관절에도 무리가 많이 가니까 젊은 친구가 대신해 주면 고맙지. 뭐, 아직은 내가 가는 일이 더 많긴 하지만."

"아르바이트생이 새로 들어와서 다행이네요."

"말해 뭐해. 게다가 대학생이야. 좀 보라고. 여기는 나 같은 아줌마 아니면 정년퇴직한 할아버지뿐이잖아? 그래서 젊은 친구가 와주면 힘쓰는 일도 부담 없이 부탁할 수 있어서 든든해. 정말 고마운 일이지. 나도 모르게 이것저것 부탁하게 된다니까."

하마다 씨의 수다는 끝이 없다. 분명 계산은 끝났는데 거스름 동전을 든 채로 이야기를 계속한다.

"그런데 요즘 젊은 친구들은 아르바이트 선택의 폭이 넓어서 그런지 쉽게 그만두는 일이 많아. 특히 여기는 시급도 그렇게 좋은 편이 아니라서. 혹시 저아이 배달 갈 때 만나게 되면 친절하게 대해 줘."

나는 하마다 씨에게 알겠다고 대답한 뒤 계산한 물건을 손에 들고 매점을 나섰다. 뒤에 다음 손님이 기다리고 있지 않았더라면 이야기는 끝나지 않았을 지도 모른다.

나는 차를 타기 위해 1층에 돌아와 서쪽 연결 통로로 향했다. 주차장으로 가려면 서쪽 병동을 통해 나가야 했다. 연결 통로에서는 병원의 조경이 드러나는 중정을 내다볼 수 있었다. 잎이 무성한 나무들과 벤치가 있는 중정은 병원을 오가는 사람들의 휴식처다. 중앙에는 병실 창문에서 바라봐도 아름다울 정도로 근사한 나무가 심어져 있다.

10월에도 꽃을 피우는 '시월벚나무'다. 봄가을 두 차례 꽃을 피우는 그 나무는 만개까지는 아니었지만 틈틈이 연한 복숭앗빛 꽃을 피웠다.

신입으로 입사했던 십수 년 전에는 때아닌 벚꽃을 보고 깜짝 놀랐었다. 당시 신입 교육을 담당하던 선배는 많은 사람이 꽃이 핀 풍경을 볼 수 있게 하자는 병원장의 생각에서 심어진 나무라고 알려주었다. 그래서인지 매년 이맘때 저 시월벚나무를 보고 있으면 신입이었던 시절을 잠시 떠올리게 된다. 연결 통로를 지나는 그 짧은 시간만큼은.

나는 비상구를 통해 밖으로 나온 뒤 병동을 한 번 올려다봤다.

입원 환자가 있는 한, 병원은 365일 24시간 불이 꺼지지 않는다. 오늘 나의 업무는 끝났지만 이곳에는 지금부터 일을 시작하는 사람도 있다.

🌙

10월 20일 금요일.

배달용 카트를 밀자 바퀴가 덜그럭거리며 굴렀다. 소등 한 시간 전인 오후 8시.

내 일이 본격적으로 시작되는 건 지금부터다. 고등학생 때부터 나는 다양한 곳에서 아르바이트를 했다. 짧으면 1개월, 길어야 6개월. 안 맞다고 느끼면 바로 그만둘 수 있는 게 아르바이트의 장점이다. 이력서를 쓰거나 증명사진을 찍는 일은 성가시지만, 마음에 들지 않는 곳에서 억지로 참아가며 일하는 것보다 훨씬 낫다.

아르바이트만 여기저기 전전해 온 내가 이번 달부터 일하게 된 곳은 병원 매점이었다. 때마침 전에 하던 택배 일을 관두면서 무료함을 달래려고 아르바이트 정보를 뒤지던 찰나 이곳을 발견했다.

집에서 가까운 이 병원의 구인 광고가 내 눈길을 끈 건 우연이라고밖에 할 수 없지만, 이상하게 무언가에 이끌리는 듯한 기분이 들었다. 그런 대수롭지 않은 이유로 시작한 일이지만, 일도 그렇게 바쁘지 않고 같이 일하는 동료도 좋은 사람들뿐이라 만족스러웠다.

병원 지하에 있는 매점은 편의점에 비해 생활용품이 많다. 샴푸와 수건, 스푼 따위와 티슈, 신발 등 잡지나 과자처럼 사람들이 많이 찾는 상품도 있지만 대부분 입원 중에 필요한 물건들이다.

주로 오는 손님은 앞으로 입원할 사람이나 입원 환자의 보호자가 많다. 그 밖에도 병원 관계자인 의사나 간호사도 자주 보인다. 주로 간편식이나 과자, 혹은 볼펜 같은 사무용품을 사러 온다.

내가 할 일은 상품 진열과 계산, 고객 응대다.

나머지 시간에는 박스를 정리하거나 카트 바퀴를 교체하기도 한다. 그 외에도 전구를 가는 일처럼 업무라고도 하기 애매한 잡일이 많다.

그리고 주문받은 물건을 병실로 배달하기도 한다. 신칸센 차내 이동식 매점처럼 물건을 잔뜩 실은 카트를 덜그럭덜그럭 밀면서 입원 병동을 차례대로 돌아야 한다.

이 병원은 동이 두 개로 나뉘어 있어서 서쪽 동부터 먼저 시작해서 1층 연결 통로를 이용해 동쪽 동을 돈다.

생활용품을 실은 카트는 무겁지는 않지만 부피가 커서 엘레베이터에 들어가면 상당한 공간을 차지했다. 그래서 배달 업무를 할 때는 환자용 침대 이동이 거의 없는 야간 시간을 이용했다.

참고로 아르바이트 규칙에는 간호사나 환자가 있을 때는 엘리베이터를 타면 안 된다고 정해져 있다.

그 외에도 엘리베이터를 기다리는 사람이 있거나 타려는 사람이 나타나면 재빨리 순서를 양보해야 했다.

이를 성가시게 여길지, 엘리베이터를 오래 기다리기만 해도 시급이 발생하니 기쁘게 여길지는 사람마다 다르다. 나는 후자 쪽이라 솔선해서 배달 업무를 맡기로 했다.

사실 매점 배달 서비스를 이용하는 환자는 그다지 많지 않아서, 엘리베이터 홀에서 발이 조금 묶이더라도 한 시간 정도면 배달을 끝낼 수 있어서 여유가 있는 편이었다.

오늘도 동쪽 동 지하에서 출발해 1층으로 간 뒤 연결 통로를 이용해 서쪽 동을 향해 통유리로 된 로비를 통과한다.

낮이라면 외래 환자로 북적일 로비도 이 시간이 되면 아무도 없다. 유리 너머로 보이는 중정도 날이 밝으면 아름답게 보이겠지만 어둠 속에서는 희미한 그림자로 보일 뿐이다.

로비를 통과한 후에는 엘리베이터를 이용해 위층부터 아래층 순서로 입원 병동을 돈다. 그리고 같은

길을 지나 지하 매점으로 돌아와 물건을 보충한 뒤 다시 동쪽 동 위층부터 아래층까지 이동한다. 어느 동부터 돌든 상관없지만 나는 이용자 수가 적은 서쪽 동을 먼저 끝낸다.

그렇게 배달 막바지에 도착한 동쪽 동 4층.

1인실만 있는 이 완화의료 병동이 배달 이용자가 가장 많은 곳이다. 이곳을 출입할 때마다 나는 살짝 긴장감을 느낀다. 물론 아르바이트일 뿐이라도 일할 때는 긴장을 유지하는 게 당연한 거라고 한다면 달리 반박할 말은 없지만.

"안녕하세요. 배달왔습니다."

입원 병동 입구에 있는 간호실을 향해 내가 먼저 인사했다. 밤이니까 목소리는 조금 작게 냈다. 대개 간호사는 고개만 가볍게 끄덕이며 인사를 받아줬다.

나는 주문서를 꺼내 오늘 배달할 병실 호수를 확인했다. 우리 매점에서는 리넨 용품과 환자복 세탁 서비스도 하고 있는데, 근무자가 오전에 세탁물을 회수하면서 물품 주문서를 받는다. 내가 하는 일은 주문서에 적힌 대로 물품을 갖다주기만 하면 되는 게 아니다. 실제로 배달을 하다 보면 주문서에 적힌 것 이외의 주문이 많았다.

예를 들어 티슈가 많이 필요해졌다거나 주문서를 내고 난 후에 칫솔이 생각났다거나 하는 식이다. 그 밖에 시간 때우는 데 좋은 물건을 추천해 달라는 부탁도 받는다. 그래서 항상 주문을 받은 것보다 더 많은 물건을 카트에 실어야 했다. 그렇게 해도 대응할 수 없는 상황이 수두룩했지만.

나는 오늘의 첫 배달인 409호실 문을 노크했다.

이 방의 환자는 전에도 배달한 적이 있어서 안면이 있었다.

"안녕하세요, 배달왔습니다."

문을 열고 조금 전과 똑같은 인사를 건넨다. 이번 에는 목소리를 더 작게 깔았다. 대신 못 들을 수도 있으니 또렷하게 말했다. 이 부분이 가장 신경 쓰인 다. 초등학생 시절 방송반이었지만 그때의 경험이 딱 히 쓰이진 않는다.

병실에는 잠들어 있는 환자나 대답할 수 없는 환 자도 있으므로 그럴 때는 물건만 살짝 두고 나온다.

"안녕하세요. 기다리고 있었어요."

409호실 환자는 아직 깨어 있었다.

방 전등은 꺼졌지만, 머리맡의 조명이 켜져 있었다. 침대 등받이도 살짝 세워져 있어서 내 쪽을 보고 있다는 걸 알 수 있었다. 환자는 40대 정도로 보이는 여성이었는데, 표정이 온화해서 친근하게 느껴졌다. 다만 심하게 야윈 데다 안색도 파리해서 실제보다 나이가 더 들어 보이는 것 같기도 했다.

나는 남몰래 손님에게 별명을 붙여 부르고 있다. 물론 마음속으로만이다. 별명은 대개 겉으로 보이는 인상이라든가 말투와 행동 그리고 구매하는 물건 취향에 착안해서 붙인다.

이 사람한테는 '독서가'라는 별명을 붙였다. 이유는 단순하다. 생필품 외에 책을 주문하는 일이 많아서다. 병실 안 테이블 위에는 다양한 크기의 책들이 표지가 위로 보이게 쌓여 있었다. 오늘도 티슈와 함께 패션잡지와 추리 소설을 주문했다.

"고마워요. 이거 전부터 읽고 싶었거든요."

작년에 화제를 모았던 추리 소설을 손에 들고 독

서가 씨는 기쁨에 찬 얼굴을 하고 있었다.

"일할 때는 좀처럼 여유 있게 책 읽을 시간이 없었어요. 이 나이가 돼서야 다시 독서에 빠진 거죠. 이렇게 많이 읽은 건 학생 때 이후 처음인 듯싶네요."

"전에는 어떤 일을 하셨어요?"

"간호사요. '의사가 제 병 못 고친다'라는 말은 있는데, 간호사는 뭐라고 해야 좋을지."

"글쎄요. 딱 들어맞는 말은 없을 것 같은데요."

환자와의 과도한 접촉은 금지되어 있지만 그냥 물건만 툭 건네고 나온다면 너무 딱딱하지 않은가. 그래서 나는 환자와 세상 돌아가는 이야기도 나누는 편이다. 이 정도는 문제 될 게 없을 것이다.

"아! 저거."

독서가 씨가 배달용 카트를 가리켰다.

"뭐 필요한 거 있으세요?"

"아뇨, 꽃잎이 붙어 있어서."

독서가 씨의 말처럼 카트 가장자리에는 분홍색 꽃잎이 붙어 있었다.

"정말이네요. 어디서 붙은 거지?"

"연결 통로를 지날 때 아닐까요? 중정의 벚꽃이 벌써 피었을지도 모르겠네요."

"10월에 피는 벚꽃이 다 있네요."

배달할 때는 반드시 연결 통로를 지나가야 해서 중정을 볼 기회가 많았다. 하지만 밖이 어두울 때라 중정에 어떤 나무가 심어져 있는지는 전혀 몰랐다.

아니, 그저 관심이 없었는지도 모른다. 중정만이 아니라 길가의 풀이나 나무에도 관심을 가져본 적 없으니까.

독서가 씨가 벚꽃잎을 너무 골똘히 바라보고 있어서 나는 꽃잎을 집어 들었다.

"괜찮으시면, 이거 드릴게요."

나는 장난삼아 동화의 한 장면처럼 정중히 예를 갖춰 벚꽃잎을 내밀었다. 꽃다발이었다면 근사한 장면일 테지만 꽃잎 한 장이라는 게 웃음 포인트다.

그럼에도 독서가 씨는 상냥하게 웃으며 기쁘다고 했다. 장난을 쳤는데 상대방이 웃지 않으면 몹시 뻘쭘한데, 골똘히 꽃잎을 바라보는 독서가 씨가 행복해 보여서 내 부끄러움 따위는 아무래도 괜찮았다.

잡담은 이쯤에서 멈추고 나는 주문과 배달에 실수는 없었는지 찬찬히 확인했다.

"그럼 또 주문해 주세요."

"고마워요."

고맙다고 하는 독서가 씨에게 나는 가볍게 인사한 뒤 카트를 밀며 다시 복도로 나섰다.

배달 일은 기본적으로 이 패턴이 반복됐고 딱히 어려운 일은 없었다.

병실은 모두 10개였다. 그중에는 다른 병실보다 넓은 유료 병실이 하나 있었는데, 하루 1만 엔의 추가 요금이 있었다. 무료 병실이 없을 때 마지못해 이용하는 사람이 많은 곳이라고 했다.

이런 정보는 다 매점에서 일하는 대선배인 하마다 씨가 가르쳐 주었다. 말하기를 좋아하는 하마다 씨는 병원 안에서 일어나는 일이라면 무엇이든 꿰뚫고 있다. 병실 비용에서 수술비, 의사나 간호사를 둘러싼 소문에 이르기까지 모르는 게 없다. 특히 돈에 관련된 이야기에 관심이 많은 것 같다.

돈 이야기가 나와서 하는 말이지만, 배달 서비스는 1회당 300엔의 수수료가 붙는다. 많다고는 할 수 없지만 쌓이면 무시할 수 없는 금액이다. 그래서 보통은 환자나 보호자가 직접 매점으로 물건을 사러 오는 경우가 많았다. 하지만 걸어서 매점까지 올 수 없거나 돌봐 줄 가족이 없는 환자도 있었다. 주로 그런 사람을 대상으로 한 것이 이 배달 서비스다.

그러나 무슨 일이든 예외는 있는 법이라서 스스로 걸을 수 있는 데도 배달 서비스를 이용하는 사람도 있다. 바로 410호실의 남자 환자다. 나이는 30대 후반쯤이고, 나는 이 사람을 '남작'이라는 별명으로 부른다. 그 이유는 자존심이 강해 보여서다. 실제로 지위가 있는 사람을 만나 본 적이 없어서 내 멋대로 이미지를 그려본 것이다.

남작을 이해하기 쉽게 표현하자면 약간 성가신 고객이다.

"그쪽에 둬."

남작은 침대에 모로 누운 채 내게 정확하게 지시했다. 병실에는 이미 온갖 물건이 잔뜩 들어차 있었다.

컴퓨터, 헤드폰 같은 가전제품부터 마네키네코*와 목각 곰처럼 값비싸 보이는 장식품에 그림까지. 그것들은 대부분 상자에서 꺼내지지도 않은 채 방치되어 있었다. 매점에서 일부러 주문한 물건들이었다. 절반 이상은 내가 배달했는데 비싼 물건이 많아서 깜짝 놀라곤 했다.

오늘 주문한 물건도 병실에는 어울리지 않는 커다란 포스터다. 미술 교과서에서 본 적 있는 모리츠 코르넬리스 에셔**의 착시현상 그림이 인쇄되어 있다. 이 포스터 한 장 가격만 해도 수만 엔이다. 물론 이것도 하마다 씨에게 들은 정보다.

남작은 매점 배달 서비스를 이용하는 환자들 중에서 태도가 가장 당당했다. 달리 말하면 씀씀이가 헤펐다. 그가 보이는 행동은 별명처럼 귀족에 걸맞았다.

호기심이 생긴 내가 남작에게 물었다.

---

* 재물과 복을 부른다는 일본의 고양이 인형
** 착시 아트로 유명한 네덜란드의 판화가

"포스터는 장식 안 해도 괜찮으세요?"

내가 먼저 말을 걸거라고는 생각 못 했는지 남작은 조금 의외라는 얼굴로 숨을 한번 크게 내쉬었다. 바보 같은 질문 좀 하지 마,라고 말하고 싶은 것 같아서 살짝 기분이 상했다.

"장식을 하면 방해가 되잖아. 게다가 그런 그림을 온종일 뚫어지게 보면 눈이 빙빙 돌지 않겠어?"

"그러면 이 포스터를 뭐 하러 산 건가요?"

"비쌌으니까."

한마디로 다 설명했다는 듯 남작은 입을 닫았다. 하지만 내 곤혹스러운 표정을 읽었는지 약간 귀찮다는 듯이 다시 말했다.

"나는 혈혈단신 외돌토리라 재산 물려줄 사람이 없거든. 애초에 내가 번 돈이니까 생판 남에게 넘겨주고 싶지도 않고, 국가에 귀속되는 것도 싫어. 그래서 가능하면 죽기 전에 다 써버리려고."

"그러면 생활에 필요한 물건이나 전부터 갖고 싶었던 걸 사야 하지 않나요?"

"나한테 필요 없는 것들을 갖고 싶더라고. 이런 곳

에서는 특히 더."

나로서는 역시 이해할 수 없는 이유였지만 남작은 그 이상 설명할 의무는 없다는 듯 "그럼, 또 부탁하지"라며 인사를 건넸다. 그런 형식적인 말을 들으면 이곳에 더 머무를 필요가 없다.

나는 남작에게 인사한 뒤 병실을 나섰다. 나는 남작을 잘 알지 못하지만, 어쨌든 특이한 사람임은 분명하다. 커다란 포스터가 빠진 덕분에 카트는 좀 더 쉽게 밀렸다. 나는 옆 병실로 이동했다.

408호실의 환자는 나이가 지긋한 할머니였다.

"안녕하세요, 배달 왔습니다."

"아, 수고가 많아요."

환자의 나이는 우리 조부모님과 비슷할 것 같았지만 더 연로해 보이기도 했다. 이 분에게는 '요리사'라는 별명을 붙였다. 젊은 시절부터 남편과 레스토랑을 운영했다고 들었기 때문이다.

"주문하신 물건 가져왔는데, 이번에도 손자분에게 선수를 빼앗긴 모양이네요."

병실에는 이미 새 수건과 요리사 할머니가 즐겨 읽

는 여성 잡지가 있었다. 오늘 주문받은 물건과 똑같았다. 이런 일은 이전부터 몇 번씩 있었다. 할머니의 손자가 병문안을 올 때마다 사 오는 듯했다.

"이건 취소해 드릴까요?"

"그러면 미안하니까 그냥 계산할게요. 수건이든 잡지든 없으면 곤란해도 많아서 난처할 일은 없잖아요."

똑같은 잡지가 두 권이나 있는 건 난처할 텐데 선심으로 배려하는 마음 같아서 받아들이기로 했다. 하지만 이런 낭비는 신경 쓰인다. 필요 없는 물건을 사는 데 돈을 다 쓰겠다는 사람은 괴짜 남작 정도겠지만, 나 같은 사람은 대개 돈에 관해서 더 예민하다.

"손자분이 사 올 것 같으면 배달 서비스는 이용 안 하시는 편이 낫지 않을까요?"

"그런 섭섭한 말은 하지 말아요. 가끔은 나이 든 사람 말벗도 해주면 좋잖아요."

"그거야 딱히 상관없지만, 돈 아깝지 않으세요?"

"돈보다 훨씬 가치 있는 것도 있으니까요."

돈보다 더 가치 있는 것. 확실히 몇 개쯤은 있는

것 같은데 바로 떠오르지는 않는다.

"손자한테 안 와도 된다고 하는데도 어찌나 오려고 하는지. 장사가 잘 안된다는 둥 만날 우는소리 하려고 오는 거죠."

가게 이야기는 전에 들은 적 있었다. 젊었을 때부터 레스토랑을 운영했던 요리사 할머니는 남편과 사별 후에도 건강이 나빠질 때까지 오랫동안 혼자 가게를 지켰다고 했다. 지금은 그 가게를 손자가 이어서 하고 있는데, 이야기를 들으니 걱정거리가 끝이 없는 모양이었다.

"학생은 몇 살이에요?"

"곧 스무 살이에요."

"우리 손자보다 한참 어린데도 야무지네. 그 아이는 서른이 코앞인데 늘 미덥지 않아."

요리사 할머니는 한숨을 쉬었다. 손자가 할머니 안부는 묻지 않고 제 푸념만 늘어놓는다면 아무래도 불안한 마음이 들 것이다. 그래도 병문안을 꾸준히 오는 정성만큼은 대단해 보였다.

"사실 가게 같은 건 어떻게 돼도 상관없어요. 그

애가 자립하는 게 중요하지."

"그게 그렇게 쉬운 일이 아니니까요."

'자립'은 나 역시 조부모님한테 귀가 아프도록 자주 들은 말이었다. 나도 모르게 입가에 쓴웃음이 번졌다.

"자립하라는 말이 딱히 혼자 살아가라는 말이 아니에요. 가족이 아닌 다른 사람들과도 서로 의지하며 살라는 거지. 부모나 조부모한테만 기대서는 안 돼."

"그건 왜죠?"

"그야, 부모는 자식보다 먼저 죽을 테니까. 늘 함께 있어 줄 수 없잖아요. 부모는 죽은 후에도 자식을 제대로 살아가게 하려면, 보호자로서 미움을 받든 힘든 일이든 마다하면 안 되는 거예요."

요리사 할머니는 단호한 결의가 느껴지는 어조로 딱 잘라 말했다.

할머니는 혼자 남겨질 손자를 위해 일부러 손자를 멀리하려고 했다. 배달 서비스를 이용하는 게 이를 위한 수단이라면 수수료 300엔보다 중요한 건 '손자의 앞날'일 것이다. 확실히 가치 있는 일이다.

소중한 가족이기에 거리를 둔다. 그 마음을 이해 못 할 바는 아니지만, 그래도 왠지 어려운 문제다.

나라면 어떨지 생각했다. 내가 병으로 입원해 살날이 얼마 남지 않았다면 과연 가족을 만나고 싶을까?

진지하게 생각해 보려고 해도 현실감이 없어서 쉽게 감정이입이 되지 않았다.

지금까지 큰 병에 걸린 적도, 입원한 경험도 없었다. 가족이라고는 조부모님뿐. 부모님은 오래 전 돌아가셨다. 굳이 말하자면 나는 요리사 할머니보다 그 손자 입장에 더 가까울지도 모른다.

다만, 나는 엄마의 병문안을 열심히 갈 정도로 좋은 아들은 아니었다.

"그 아이가 건강하게 오래 살아갈 수만 있다면 더 이상 바랄 게 없으련만……."

내가 카트에서 물건을 내리는 동안 할머니가 작은 목소리로 말했다. 손자에게 들려줄 수 없는 것이 못내 아쉬울 정도로 애정이 듬뿍 담긴 말이었다.

밤 10시가 넘은 무렵.

정면 현관이 모두 잠긴 바람에 나는 경비원에게 부탁해 비상구를 통해 병원 밖으로 나왔다.

오늘 업무는 끝났다. 내일은 근무가 없고, 다음 출근은 모레인 일요일이다. 병원 아르바이트를 하는 날은 주 3일에서 5일 정도. 시험이나 리포트 때문에 바빠지면 근무 일수는 더 줄어든다. 학업을 병행할 수 있는 유연 근무제가 가능하다는 것도 이 아르바이트의 장점이다.

집에 돌아가는 길, 오토바이에 올라타기 전 이어폰을 꽂고 음악을 틀었다. 보통은 헤드폰을 애용하지만 헬멧을 써야 하는 오토바이를 탈 때는 무선 이어폰을 사용했다.

브라이언 존스*의 기타 연주가 시작되고 나는 핸들을 힘주어 잡았다.

록밴드 '롤링 스톤스'는 내 또래들 사이에서 인

---

* 밴드 '롤링 스톤스'의 창립자이자 기타리스트

기 있는 밴드는 아니었다. 하지만 나에겐 어릴 적부터 자주 탔던 할아버지의 차에서 귀에 딱지가 앉도록 들었던 음악이었고, 지금까지도 내 몸이 저절로 반응했다.

오토바이를 타고 밤길을 달리면서 볼륨을 낮춘 뒤 바람 소리를 함께 들었다. 노래는 첫 번째 후렴이 끝나고 간주에 들어갔다. 정지 신호에 멈춰 서서 문득 생각했다.

인생을 음악으로 치면 나는 지금 어느 부분을 연주하는 중일까.

애초부터 어떤 곡이냐에 따라 연주 시간은 달라진다. 수십 초로 끝나는 짧은 곡도 있고 클래식처럼 몇 시간씩 걸리는 곡도 있다. 이제 곧 스무 살이 되는 나는 인생을 얼마나 연주한 셈일까. 후렴을 한 번 정도 지난 것 같기도 하고, 어쩔 땐 인트로도 끝나지 않은 듯한 기분도 든다.

그리고 보니 위대한 록스타들은 대부분 27세에 요절했는데, 지금 이어폰 안에서 힘차게 기타를 연주하고 있는 브라이언 존스도 그렇다. 나는 록스타는 아니지만 내가 만약 그 나이에 죽는다면 내 인생은 이미 종반전으로 돌입한 거나 마찬가지다.

1절도 2절도 끝나고 어쩌면 마지막 후렴으로 접어들었다고 해도 이상하지 않을 것이다. 아직 마지막 후렴이라 할 만큼 극적인 일은 아무것도 일어나지 않았지만.

나는 그럭저럭 살아 있다.

살면서 이루고 싶은 꿈도 없고 책임감으로 완수해야 할 사명도, 장기적인 목표도 없다.

내가 어릴 때 아빠는 교통사고로 세상을 떠났다. 갑자기 일어난 일이었다. 그때까지만 해도 건강했던 엄마는 나를 꼭 안으며 "아빠는 천국으로 가신 거란다"라고 말했다. 엄마 말에 따르면 천국은 아플 일도 괴로운 일도 없는 멋진 곳 같았다.

내게 그렇게 알려준 엄마도 병을 앓고 작년에 천국으로 서둘러 가버렸다.

나만 아직 이곳에 있었다. 사는 의미 따위 생각하고 싶지도 않지만, 나만 혼자 살아 있다는 기분이 들면 왠지 떳떳하지 못한 것 같았다.

이어폰에서 두 번째 곡이 시작됐고 신호가 녹색으로 바뀌었다. 목적을 가져야 노래가 시작되는 인생이라면, 나는 아직 긴 인트로 한가운데에 서 있는 건지도 모른다.

🌙

간호사의 근무 형태는 병원이나 병동에 따라 다른데, 우리 병동은 2교대 근무제를 운영 중이다. 즉, 오전 8시부터 오후 5시까지의 주간 근무와 오후 4시부터 다음 날 아침 9시까지의 야간 근무로 나뉜다. 주간 근무와 야간 근무에는 각각 장단점이 있기 때문에 무조건 어느 쪽이 더 낫다고는 할 수 없다.

나는 주간 근무를 많이 했지만 교대 일정에 따라 야간 근무를 하기도 했다. 야간 업무는 주간 근무 때와 비슷했다. 인사와 배식 그리고 활동 보조다. 다만 근무 시간이 길다는 것과 병원 안의 밝기가 다르다는 것이 큰 차이점이었다.

"이거, 노마 약사님이 전해 달래."

수간호사인 오타케 씨가 사탕 봉지를 테이블 위에 놓으며 말했다.

휴게실은 의외로 선물이 많이 들어오는 곳이다. 학회 참석으로 전국 각지를 다니는 의사들이 선물을 사서 병동에 가져오는 일이 많았다.

완화의료 병동에는 간호사와 주치의는 물론 약제사와 임상심리사, 영양사. 사회복지사 등 다양한 직종의 사람들이 모였다. 병동 외부 사람과도 밀접하게 정보를 공유하는 게 중요하기 때문이다. 하지만 다들 병동 이외의 업무가 있는 바쁜 사람들이라 한자리에 모두 모이는 일은 별로 없었다. 그래도 틈틈이 짬을 내서 콘퍼런스에 참가하고. 환자의 상태를 직접 보러 오는 사람들 덕분에 환자뿐만 아니라 현장에서 일하는 간호사들에게는 큰 힘이 됐다.

"아참!"

휴식 중에 오타케 씨가 아주 친근한 말투로 내게 말을 걸어왔다.

"이번에 신입 간호사가 연수를 오거든. 신입 교육 좀 부탁해도 될까?"

"제가요?"

"응, 구라타 씨는 일 처리가 깔끔하니까 슬슬 맡겨도 되지 않을까 싶어서. 괜찮지?"

솔직히 부담스러웠다. 나는 스스로 일을 완벽하게 해낸다고 느낀 적도 없지만, 누군가를 가르칠 만한 실력을 갖췄다고 생각한 적도 없었다.

"다른 사람을 가르치는 건 구라타 씨한테도 좋은 공부가 될 거야. 내가 해봐서 하는 말이야."

오타케 씨는 그렇게 덧붙이면서 자연스럽게 내가 빠져나갈 구멍을 막아버렸다.

오타게 씨는 상냥하고 붙임성도 좋았지만, 사람 다루는 솜씨도 보통이 아니었다. 사람을 움직일 때 명령이 아니라 부탁을 하고, 상대가 돌려 말할 만한 구석을 자연스럽게 차단하면서 이야기를 이어갔다. 아주 완벽할 정도로 말이다. 하기야 그만한 능력을 갖췄으니 간호 관리를 통솔하는 수간호사 자리를 맡게된 거겠지만.

한때 신입이었던 나를 교육했던 오타케 씨를 상대로 거절의 말을 늘어놓기란 불가능했다.

"알겠습니다. 해볼게요."

"고마워. 두 달만 하면 되니까 너무 부담 갖지 말고, 힘들 땐 나도 도울게."

오타케 씨는 내게 다짐을 놓고 나서야 "그럼 부탁해"라고 말한 뒤 자리를 떴다. 나도 휴식 시간을 끝내고 일어섰다. 그때 복도에서 카트를 밀던 매점 직원과 마주쳤다. 말로만 듣던 신입 아르바이트생이구나 생각했는데, 오늘은 고참인 하마다 씨가 배달을 온 듯했다. 하마다 씨는 나를 알아보고는 손을 크게 흔들었다.

"오늘은 하마다 씨가 오셨네요."

"새로 온 친구는 리포트 과제가 있어서 쉬거든. 이번에도 얼마 못 가서 그만두는 건 아닌지 모르겠어."

매점에서는 제아무리 목청 좋게 수다를 떠는 하마다 씨도 병동에서는 행동을 조심했다. 그래도 말하기를 좋아하고 붙임성 좋은 성격은 여기에서도 별반다르지 않았다.

"맞다. 403호실의 하시즈메 씨 말이야. 그 사람, 말하는 걸 굉장히 좋아하더라고. 야구 이야기를 어찌나

하던지."

아무래도 하시즈메 씨는 배달 온 사람에게도 공연히 말을 거는 모양이다.

"분명히 외로워서 그럴 거야. 저렇게 멀쩡해 보일 정도면 집에서 가족들과 함께 지내는 편이 훨씬 좋을 텐데. 그래도 남의 가정사는 알 수 없는 거니까."

하마다 씨는 한참을 이야기하고 나서야 성에 찼는지 내게 방긋 웃으며 "그럼, 수고해요"라는 인사와 함께 돌아섰다.

나는 하시즈메 씨를 떠올렸다. 하시즈메 씨는 우리에게 가족에 관한 이야기나 자택에서 지내고 싶다는 말을 꺼낸 적 없었다. 게다가 가족을 보고 싶다고도 하지 않았다. 입원 생활에 만족하기 때문일까. 아니면 외로움을 의도적으로 숨기고 있는 걸까. 아직은 판단하기 어렵다.

'어느 곳에서 어떤 모습으로 마지막 순간을 맞이하고 싶은가'라는 질문에 대한 대답은 사람마다 다를 것이다. 정든 집에서 사랑하는 가족들과 마지막을 보내고 싶은 사람도 있고, 반대로 가까운 사람일수록 자신의 약한 모습을 보이고 싶지 않은 사람도 있다. 하시즈메 씨는 과연 어느 쪽일까. 완화의료 업계에 종사하는 사람이라면 끊임없이 고민해야 하는 부분이다.

병원은 기본적으로 병을 고치기 위한 곳이지만, 완화의료 병동은 완치를 목표로 하지 않는다. 그러므로 이곳에서 시행하는 치료에는 정답이 없다. 언제나 매 순간 최선의 치료법을 생각해야 하고, 그만큼 어떤 치료법을 쓰든 불안을 감수해야 한다.

나는 하마다 씨와 헤어진 후 소등을 알리기 위해 하시즈메 씨 병실로 갔다. 오늘은 야구 중계가 없었는지 하시즈메 씨는 이미 잠들어 있었다. TV가 꺼진 병실 안은 복도보다 더 조용해서 귀가 먹먹했다.

'시한부 선고는 추정에 불과하다' 이 말은 내가 신입이었던 시절에 오타케 씨가 가르쳐 준 말이다. 죽음에는 전조 증상이 있다는 사실을 처음 가르쳐 준 사람도 오타케 씨였다.

드라마처럼 어느 날 갑자기 꽈당, 하고 쓰러지거나

마지막으로 장문의 임종시*를 남긴다든지 하는 일은 없었지만, 완화의료 병동에 입원한 사람들은 이곳에서 평온하게 여행을 떠났다.

죽음의 전조 증상은 잠들어 있는 시간이 길어지고 말을 또렷하게 하지 못하며 의식이 희미해진다. 호흡수가 줄어들고 식욕도 사라지며 사람에 따라서는 '섬망'이라고 하는 환각을 보는 일도 늘어난다. 그 단계에 들어서면 회복은 거의 불가능하다.

내가 간호를 자주 담당했던 세 명 중 전조 증상이 처음 나타난 환자는 뜻밖에도 가장 건강해 보였던 하시즈메 씨였다.

그가 완화의료 병동에 입원한 지 3주째였다. 야구 이야기에 유독 열정적이던 하시즈메 씨의 상태가 고작 며칠 만에 급속히 나빠지면서 투약 용량이 늘어갔다. 종일 켜져 있던 TV도 지금은 꺼진 상태였다.

나는 하시즈메 씨의 시간이 얼마 남지 않았다는

---

* 임종을 앞두고 남기는 시가 따위의 글귀

것을 직감할 수 있었다. 하지만 가족이나 친구, 누구 하나 하시즈메 씨의 병실을 찾는 이가 없었다.

오늘도 병원 전화로 하시즈메 씨의 딸에게 연락했지만 오전부터 오후에 걸친 세 번의 전화는 한 번도 연결되지 않았다. 나는 수화기를 내려놓고 간호실을 벗어났다.

무슨 이유로 전화를 못 받는 건지 불가피한 사정이라도 있는 건지 알 수 없었다. 다만 일부러 피하고 있을지도 모른다는 생각만큼은 하고 싶지 않았다.

나는 하시즈메 씨의 병실로 돌아갔다. 임종이 가까운 환자의 상태를 자주 살펴야 하는 게 간호사의 임무지만 꼭 그 이유가 아니더라도 하시즈메 씨가 걱정됐다.

내가 들어오는 소리에 깨어난 건지 하시즈메 씨가 반응을 보였다. 눈꺼풀이 올라가 있었지만 눈의 초점은 맞지 않았다. 누가 들어왔는지 알지 못할지도 모른다.

"TV 좀 켜줘요."

거친 숨소리가 섞인 어줍은 발음이었지만 신경 써

서 들으면 알아들을 수 있었다.

"그럴게요."

나는 TV를 켜고 채널을 야구 중계방송에 맞췄다. 그리고 침대 등받이를 조금 세웠다. 하시즈메 씨에게 화면을 보여주기 위한 거였는데 그의 눈은 엉뚱한 방향을 향하고 있었다.

야구 중계 소리가 들렸는지 하시즈메 씨의 입가가 살짝 움직였다. 힘은 약해 보였고 표정도 명확하지 않았다. 미소를 지으려고 한 건지 고통으로 얼굴을 찡그린 건지 알 수 없는 모호한 표정이었다.

스읍, 하시즈메 씨는 숨을 크게 들이쉬고 천천히 눈을 깜빡였다. 숨을 쉴 때마다 목에서 가래 끓는 듯한 소리가 났다.

모니터링 장비가 없는 병실에서는 하시즈메 씨가 보이는 반응만으로 현재 상태를 짐작해야 했다. 모니터링 장비가 있었다면 아무래도 장비 쪽으로 주의를 기울였을 것이다. 간호사인 나는 특히 그렇지만 그건 환자 가족도 마찬가지다.

생체 활력 징후를 나타내는 기계 화면의 수치가

소리와 함께 아래로 내려가면 그곳으로 신경이 쓰일 수밖에 없다. 하지만 그 탓에 환자의 표정이나 말을 놓칠 위험도 있었다. 그런 이유로 여기 완화의료 병동에서는 병실에 모니터링 장비를 두지 않았다.

환자와 가족이 마지막으로 눈을 맞추고 손으로 어루만지며 서로 살아있음을 함께 느끼는 시간, 그 순간이 방해되지 않도록.

간호사 또한 차분하고 조심스럽게 환자의 상태를 관찰해야 한다. 하시즈메 씨의 눈가에 눈물이 어려 있었다. 그는 무언가를 찾는 것처럼 손가락을 움직였고 나는 그 손을 잡았다. 그리고 차가운 손끝을 데우듯이 양손으로 부드럽게 감싸며 말했다.

"뭐든 말씀하세요. 여기 있을 테니까요."

하시즈메 씨의 시선이 내 쪽으로 향했다. 그리고 누군가의 이름을 불렀다. 발음이 불분명하고 목소리도 작았지만 사람의 이름이라는 것을 겨우 알 수 있었다. 다시 한번 같은 이름을 부르는 것 같았다.

첫 번째도, 두 번째도, '요코' 아니면 '교코'라는 발음이었다. 진료기록 카드에서 본 하시즈메 씨의 딸

이름이 분명 '교코'였다.

"미안하구나. 잘못했어. 용서해 주렴."

하시즈메 씨는 나를 향해 몇 번이고 반복해서 사과했다. 그는 나를 통해 다른 누군가의 모습을 바라보는 것 같았다. 아무래도 그 사람은 딸이었겠지만, 여기 있는 사람은 나뿐이었다.

나는 딸이 아니기에 하시즈메 씨의 바람을 들어줄 수 없다. 용서도 할 수 없고 추억담 하나도 나눌 수 없다. 여기 정말로 딸이 있었다면 얼마나 좋았을까. 하지만 현실은 달랐다.

"괜찮아요, 하시즈메 씨. 따님도 곧 올 거예요."

딸에게선 연락이 오지 않았고 이곳에 언제 도착하는지도 알 수 없었다. 그럼에도 나는 거짓말을 했다.

"그러니까, 이제 울지 마세요."

하시즈메 씨의 눈가에서 작고 가느다란 눈물이 하염없이 흘러내렸다. 그때 갑자기 하시즈메 씨가 숨을 크게 내쉬었다. 나는 깜짝 놀라 하시즈메 씨의 맥박을 확인했다. 약하긴 해도 맥이 느껴졌다. 이번에는 내가 큰 숨을 돌릴 차례였다.

하시즈메 씨의 손을 내려놓기 전 나는 눈을 감고 간절히 기도했다. 지금 당장이라도 딸이 나타나게 해달라고. 하시즈메 씨가 아직 여기 있는 동안에 한 번만 다시 만날 수 있게 해달라고.

하지만 기도는 끝내 이루어지지 않았다. 한 시간이 지나고 수간호사 오타케 씨가 403호실을 찾아왔을 때, 하시즈메 씨는 이미 여행을 떠난 뒤였다.

환자가 사망하면 간호사가 마지막으로 하는 일이 몇 가지 있다. 그중 한 가지가 '엔젤 케어'라고 하는 임종 후 돌봄이다. 사후경직이 시작되기 전에 고인의 몸을 깨끗하게 정돈하는 일이다.

여기에는 감염병 예방의 의미도 있지만, 오랜 투병 생활에 시달린 몸을 겉모습만이라도 정갈하게 해주려는 의미도 담겨 있다.

"정말 애쓰셨어요."

나는 아무런 대답이 없는 하시즈메 씨를 향해 말을 걸며 절차대로 그의 몸을 닦았다. 수염을 깎고 링거와 인공호흡기의 흔적을 화장으로 감춘 뒤 헝클어진 머리카락을 단정하게 정리했다.

"앞으로도 좋아하시던 야구팀, 많이 응원해 주세요."

간호사 일을 하면서 지금까지 수많은 환자를 돌봤다. 하지만 이 일만은 몇 번을 경험해도 익숙해지지 않았다. 항상 목 안쪽이 타는 듯한 느낌을 삼켜가며 버텨야 했다.

하시즈메 씨의 딸 교코가 겨우 모습을 나타낸 것은 그로부터 세 시간 후인 해 질 녘 무렵이었다. 교코는 딱히 서두른 기색도 없이 병실에 들어서며 차분한 목소리로 "그동안 신세 많았습니다"라고 인사했다. 나는 어째서 좀 더 일찍 오지 않았냐고, 목구멍까지 올라온 말을 가까스로 삼켰다.

그럴만한 사정이 있는 거라고 생각해야 한다. 더구나 유족을 책망하는 건 간호사의 일이 아니었다. 이런 경우 환자와 가족이 충분히 이별의 시간을 나눌 수 있도록 간호사는 방해되지 않게 물러나야 했다. 나는 교코에게 인사를 한 뒤 재빠르게 병실을 나서려고 몸을 돌렸다.

"저기."

그때 교코가 나를 불렀다. 교코는 침대에 누운 하시즈메 씨를 내려다보고 있었다.

"아빠는 어떤 모습이었나요?"

감정을 읽을 수 없는 담담한 목소리였다. 오열하거나 동요하는 기색조차 없었다. 오히려 부자연스러워 보일 정도로 교코는 침착했다.

"제가 마지막으로 뵀을 때는 야구 경기를 궁금해하셨어요."

"야구요."

"네, 그리고 계속 사과를 하셨어요. 미안했다고. 그래도 금방 진정하셨고 편안해 보이셨어요."

"아빠가 누구한테 사과하던가요?"

"'요코'인가 '교코'라고 하셨던 것 같은데, 죄송합니다. 확실히 듣지는 못했습니다."

"아니에요. 고맙습니다. 그런데 아빠가 사과를 했다는 말이죠."

나의 말을 다 듣고도 교코는 하시즈메 씨를 내려다본 채 움직이지 않았다.

"아빠 병문안도 오지 않는 딸이라니, 정말 냉정하다고 생각하셨겠네요."

내가 그 말에 대답하기도 전에 교코는 먼저 말을 이어나갔다.

"하지만 아빠도 그랬어요. 오로지 일만 하느라 제대로 집에 들어온 적도 없었고, 엄마가 위독했을 때도 일이 우선이었죠. 나 혼자서 엄마를 돌봤어요. 벌써 30년도 더 된 일이지만."

마치 혼잣말을 하는 것처럼, 교코는 내 반응을 신경 쓰고 있는 것 같지 않았다. 그리고 이내 고개를 떨군 채 약간 빠른 어조로 털어놓듯 말했다.

"그래서 아빠가 암 말기라는 걸 알았을 때, 똑같이 하겠다고 마음먹었어요. 가족 없이 혼자 죽어버리라고요. 복수였던 거예요."

감정을 억누르며 이야기하는 교코의 모습은 마치 이미 세상을 떠난 아빠에게 용서를 구하는 것처럼 보였다.

"야구는 엄마가 좋아했어요. 일밖에 모르던 아빠는 원래 야구에 흥미 따윈 없었다고요."

의외였다. 하시즈메 씨라면 틀림없이 옛날부터 야구광이었을 거라고 생각했다. 하지만 나는 내색하지 않고 그저 묵묵히 교코의 말에 귀를 기울였다. 쓸데없는 추임새는 원치 않음을 알 수 있었다. 자신이 하는 고백을 내가 듣길 바라는 게 아닐 테니까. 정말 들어야 할 사람에게는 이제 전할 수 없으므로. 부족할지라도 나는 하시즈메 씨를 대신해 가만히 교코의 이야기를 들었다.

"엄마가 죽고 나니까 그제야 아빠가 가족을 돌아보더라고요. 일도 줄이고 엄마가 좋아하던 야구를 보러 다니면서 나랑 시간을 보내려고 했죠. 하지만 '소 잃고 외양간 고치기' 아닌가요? 가족이 죽고 나서 후회한들 무슨 소용이 있겠어요."

그건 마치 아빠와 똑같은 짓을 저지른 교코 자신을 향해 하는 말 같았다.

"그게 가능했다면 엄마가 살아 있을 때 조금이라도 더 함께 있어 줬다면 좋았겠죠."

내가 모든 걸 파악할 수는 없었지만, 하시즈메 씨는 엄마를 잃은 딸을 위해 달라졌을 것이다. 교코도 그 사실을 모를 리 없겠지. 하지만 알아도 용서할 수 없는 일도 있다. 지나간 일은 이제 어찌할 수 없다.

"아빠가 사과했다는 사람, 만약 '요코'라면 엄마고 '교코'였다면 저일 거예요. 도대체 누구한테 하는 사과였을까요?"

어쩌면 교코는 그걸 알고 싶어서 이런 고백을 꺼낸 걸지도 모른다.

아주 짧은 시간, 나는 생각했다. 최선의 대답이라는 건 없었다. 교코는 아버지와 직접 이야기를 나눌 기회를 영원히 잃었다. 하시즈메 씨가 누구에게 어떤 마음으로 사과했는지 알아낼 방법은 이제 없다.

"하시즈메 씨는 이름을 두 번 불렀어요. 그러니까 분명 두 분의 이름을 다 부른 거라고 생각해요."

최선이라고는 할 수 없는 내 대답에 교코는 그제야 움직였다. 몸을 숙여 양손으로 하시즈메 씨의 손을 어루만지며 작은 목소리로 "아빠"라고 속삭였다. 가냘픈 등이 떨리고 있었다.

나는 그제야 다시 인사를 한 뒤 병실을 나갔다.

간신히 딸과 만나게 된 하시즈메 씨가 행복하기를

바라면서.

얼마 뒤 하시즈메 씨는 상조업체 직원이 운전하는 리무진에 실려 교코와 함께 병원을 떠났다.

우리 의료진은 리무진이 교차로 모퉁이를 돌아 보이지 않을 때까지 배웅했다.

10월의 바람이 차갑게 스치며 발끝에 부딪힌 낙엽이 흩날렸다. 프로야구는 이제 곧 페넌트 레이스* 결과가 나올 때였다. 전에 매점 스포츠신문 헤드라인에서 본 내용이었다. 나는 앞으로 야구 뉴스를 접할 때마다 틀림없이 하시즈메 씨를 떠올릴 것이다.

현실에서 기적은 일어나지 않는다. 의료진이 아무리 고심하고 환자 본인이 어떤 노력을 하더라도 어쩔 수 없는 일이 있으니까.

하지만 이곳에는 사람이 할 수 있는 모든 노력이 결집해 있다.

---

* Pennant Race, 장기에 걸쳐 우승을 겨루는 대회

나도 여기서 최선을 다해 일할 것이다.

지금까지도, 앞으로도.

🌙

10월 25일 수요일, 밤 8시가 넘은 시각.

주문받은 물건을 배달하러 동쪽 동 4층으로 갔을 때, 병실 문 하나가 열려 있었다. 나는 카트를 밀면서 그 병실 앞을 지났다. 곁눈으로 확인했을 때 안에 사람 모습은 보이지 않았고 개인 물품들도 모두 치워져 있었다.

이사한 직후처럼 깔끔하게 정돈된 새하얀 병실은 그 안에서 지내던 누군가가 떠났다는 것을 의미했다. 병실의 환자가 어떤 모습으로 병원을 떠났을지는 알 수 없었다.

가족과 함께 웃는 얼굴로 퇴원했을까, 아니면 장의차로 조용히 떠났을까. 이 병실의 환자와 만난 기억은 없지만 나는 조금 애틋하고 안타까운 마음이 들었다.

그리고 평소처럼 복도를 지나는데 그곳에 낯선 남자가 서 있었다. 복장만 봤을 때 병원 관계자는 아닌 듯했다. 입을 굳게 다문 채 미간을 찡그린 남성은 408호실 앞에 서 있었다. 닫힌 문에서 눈을 떼지 못하는 그 모습에서 가까이 다가갈 수 없는 듯한 느낌이 들어서, 나는 복도 모퉁이에 몸을 숨기고 상황을 살폈다.

408호실은 요리사 할머니가 있는 방이었다. 그렇다는 건 아마도 저 남자가 요리사 할머니의 손자라는 말이겠지. 남자의 나이대도 할머니에게 들었던 말과 비슷해 보였다.

심상치 않은 분위기가 감돌았다. 병동은 오늘도 평소와 다름없이 조용했지만 그래서 더 가슴이 조마조마했다. 병실 문이 열리고, 안에서 간호사가 나왔다. 간호사는 손에 들고 있던 분홍색 시계를 상의 주머니에 넣고 손자로 보이는 남자에게 말을 걸었다.

"왜 그러세요?"

"역시 여기가 좋겠어요. 할머니는 제가 오는 걸 달가워하지 않았으니까. 임종만이라도 마음 편하게 못

74

난 손자 얼굴 따위 안 보는 게 나을 거예요."

남자의 목소리는 동요하는 감정을 감추지 못한 채 떨리고 있었다.

'임종'이라는 표현에 가슴이 요동치듯 뛰었다. 혹시 다른 사람들에게도 들릴까 봐 나는 손으로 심장 쪽을 눌러 애써 진정시켰다. 그렇게 하지 않고서는 견딜 수 없었다.

손자는 할머니를 위해서 임종을 지켜보지 않을 생각이었다. 하지만 그게 정말 할머니가 원하는 걸까? 요리사 할머니는 늘 손자를 걱정했었다.

"그러시군요."

간호사는 병실로 돌아가지 않고 손자 옆에 섰다.

"……저는 말로 하는 것만이 그 사람의 진심은 아니라고 생각해요. 겉으로 드러낸 표현과 말 뒤에 숨어 있는 속마음, 그 두 가지를 다 읽어야 해요."

낮지만 호소력 있는 목소리로 간호사는 그렇게 말했다. 간호사의 말을 들은 손자는 망설여지는지 시선을 이리저리 돌렸지만, 마침내 마음을 정한 듯했다.

"할머니!"

할머니를 부르며 병실로 들어간 손자는 침대에 매달렸다.

"저, 앞으로 더 열심히 살게요. 할머니가 했던 것처럼 가게도 보란 듯이 지켜낼게요. 그러니까, 그러니까……."

조금 전 간호사는 '말로 하는 것이 늘 진심은 아니다'라고 했다. 할머니가 손자를 엄하게 대하고 병문안을 오지 말라고 한 건 다 손자를 생각해서였다. 그 말에는 거짓이 얼마쯤 섞여 있었을 것이다.

사실은 손자가 하는 말에도 거짓이 들어 있었다.

불안하고 약한 소리를 해버릴 것 같은 마음을 억누른 채, 손자는 할머니가 안심할 것 같은 말들만 입에 담았다. 모든 말이 거짓이나 허세라고는 할 수 없지만 진심에서 우러나온 말은 아닌 듯했다. 간호사가 병실 안으로 들어가 문을 닫았고 복도에는 다시 정적이 찾아왔다.

미력하지만 나도 문 너머를 향해 기도했다.

요리사 할머니와 손자의 마지막 시간이 부디 아픔 없이 지나가기를.

"뭐랄까, 정말 굉장했어요."

배달을 끝낸 나는 같은 근무조인 하마다 씨를 상대로 방금 목격한 간호사의 멋진 설득에 관해 이야기했다.

"간호사는 그런 방법으로 사람의 마음에 다가가나 봐요."

그 간호사는 군더더기 없는 최소한의 말만으로 손자의 마음을 풀어주었다.

무슨 공부를 하고 어떤 경험을 쌓아야 저렇게 될수 있을까. 그저 되는대로 살아온 나로서는 꿈도 못꿀 일이다.

"그거야 뭐, 사람마다 다르지 않을까? 그나저나누굴까. 그 간호사 특징 같은 거 기억나는 거 없어?"

특징을 말하라니, 간호사는 다 똑같은 복장으로마스크를 착용한다. 딱히 눈에 띄는 머리 스타일을한 사람도 본 적 없었다.

그런 조건에서 사람을 식별할 만한 인상적인 특징이 뭐가 있을까. 가만, 곰곰이 되짚어 보니 딱 한 가지 생각나는 게 있었다.

"뭔가 특이한 시계를 갖고 있었어요. 스트랩이 달린 분홍색 회중시계 같은 걸 상의 주머니에 넣었거든요."

"아, '간호사 시계' 말이구나. 그럼 가나 씨네."

"제가 지금 말한 정보만으로 누군지 알아챈다는 말이에요?"

"간호사마다 간호사 시계를 휴대하는 방법도 다르거든. 허리에 다는 사람도 있고 핀으로 옷에 고정하는 사람도 있어. 그런데 완화의료 병동에서 분홍색 시계를 상의 주머니에 넣는 사람은 가나 씨뿐이야."

그렇다면 분명 그 사람이 맞을 것이다. 하마다 씨의 추리가 맞는지 아닌지는 확인할 길이 없지만.

"가나 씨가 주간 근무라면 오후 5시쯤 일이 끝날 거야. 퇴근길에 매점을 들르는 일이 많으니까 여기서 만날 수도 있겠네. 그러면 료가 만난 간호사가 가나 씨와 동일 인물인지 아닌지 알 수 있지 않겠어?"

오후 5시면 내가 아르바이트를 시작하는 시각이다. 조금 일찍 와서 준비하다 보면 매점에서 우연히 마주칠 기회가 생길지도 모른다.

다시 만날 수 있다면 그러고 싶었다. 하지만 하마다 씨에게 그런 속내까지 털어놓기엔 좀 부끄러웠다.

"굳이 그렇게까지 할 생각은 없어요. 간호사라는 직업에 감동했다는 말이니까."

나는 하마다 씨에게 작은 거짓말을 했다.

누군가를 좋아하는 데 자격이나 허락은 필요 없다. 오토바이를 타고 집으로 돌아가면서 그런 얄팍한 러브 송 가사 같은 생각을 했다.

계기 따위 중요하지 않다. 세상에는 잠깐 본 것만으로 사랑에 빠지는 사람도 있으니까. 나는 영화처럼 드라마틱한 사랑도 얼마든지 있을 수 있다고 자기합리화를 했다.

그렇다고는 해도.

그렇다고는 해도. 말이다.

누구나 좋아하는 마음을 가질 순 있어도 거기서 다음 단계로 나아가는 건 아무나 할 수 있는 게 아니다. 어쩌면 고백은 자격이 필요한 일인지도 모른다.

적어도 자신을 먼저 사랑하지 않으면 안 되겠지.

사랑이든 무엇이든, 스스로 가치 있다고 믿지 못하면 타인을 평가할 수 없다. 자신을 불쾌하게 여기거나 오해할까 봐 불안해지기 때문이다.

나는 미끄러지듯 오토바이를 몰아 집으로 향했다. 귓가에는 오늘도 롤링 스톤스 노래가 흐른다.

곡마다 길이와 곡조가 다르듯이 사람이 살아온 시간도 저마다 속도와 길이가 다르다. 짧은 곡 중에도 명곡이 있듯이 긴 곡 중에는 졸작도 있는 법이다.

요리사 할머니는 행복했을까? 손자와는 아쉬움 없이 헤어졌을까? 이런저런 생각 끝에 그 간호사의 모습이 다시 떠올랐다.

혹시.

혹시 다음에 아르바이트하러 갔을 때.

우연히 그 사람을 다시 보게 된다면.

말을 걸어보자.

요리사 할머니와 손자, 삶과 바람직하게 이별하는 방법에 대해서.

무얼 하든 내일이 오면 하자. 오늘은 아니다.

신호가 녹색으로 바뀐다. 나는 오토바이를 앞으로

몰았다. 그 순간, 느닷없이 교차로를 달려 나가는 작은 그림자가 보였다. 고양이다.

이대로라면 부딪치고 만다. 나는 순간적으로 핸들을 꺾었다. 급제동이 걸린 오토바이가 도로를 벗어났다. 고양이가 골목으로 도망치는 모습을 보고 나서야 가슴을 쓸어내렸다.

그때, 어디선가 굉음이 울리는 듯했다.

제2화

유령이 꽃피는 계절

나는 예전에 간호사는 개인이 아닌 집단으로 봐야 하는 직업이라고 배웠다.

병원명이나 의사 이름은 환자의 가슴에 깊이 남는다. 어쩌면 복용한 약이나 수액의 명칭까지 기억하는 환자도 있을지 모른다. 하지만 간호사 이름을 기억하고 퇴원하는 사람은 거의 없을 것이다. 주치의와 달리 간호사는 집단으로 환자를 대하기 때문에 개인이 주목받는 일이 없어서 간호사 행동 하나하나가 그 직업 자체의 신뢰도와 직결되기도 한다.

사정이 그러하니, 내가 무엇부터 가르쳐야 좋을까.

"오늘부터 교육받게 된 다키모토라고 합니다. 2개월이라는 짧은 기간이지만 잘 부탁드립니다."

아직 20대 중반인 젊은 신입 간호사 다키모토는 밝은 인사와 함께 고개를 숙였다. 나도 잘 부탁한다고 답하며 교육 담당으로서 해야 할 일을 생각했다.

우리 병원에서 신입으로 첫해를 맞은 간호사는 모든 병동을 차례대로 돌아야 했다. 수련의 초기 연수처럼 내과, 외과 할 것 없이 현장에서 많은 경험을 쌓게 하려는 병원장의 방침이다.

간호사에게 요구되는 역할은 상황에 따라 달랐다.

외래 환자가 많은 병동과 입원 환자가 많은 병동은 쌓을 수 있는 경험도 다르고 주간이냐 야간이냐에 따라 업무 내용도 조금 달라졌다. 신입 간호사가 다양한 현장 근무를 통해 본인 적성에 맞거나 희망하는 곳을 파악한 뒤 그에 알맞게 배치하려는 의도였다.

한 병동에서 연수하는 기간은 1개월에서 2개월 정도. 4월부터 이 병원에서 일하기 시작했다면 이미 몇 군데서 연수를 마쳤다는 이야기다. 간호사로서 기본적인 실무 능력은 얼추 익혔을 터다. 인사법이나 자세 변경 순서 같은 건 가르칠 필요 없겠지.

그렇다면 완화의료 병동만의 특성에 관한 것이 좋겠다. 나는 다키모토에게 출근부터 퇴근까지의 구체적인 업무 순서부터 가르쳐줄 생각이었다.

먼저 환자와의 대면인사부터 시작했다.

"신입 선생님? 반가워요."

"처음 뵙겠습니다. 다키모토라고 합니다. 잘 부탁드려요."

유료 병실의 마쓰모토 씨를 마주하자, 조금 떨리는 듯 다키모토가 인사를 건넸다. 손가락 끝까지 잔뜩 긴장한 것 같았다.

"저 그 드라마 봤어요. 〈어제까지는 네가 있었다〉. 진짜 재밌잖아요."

완화의료 병동에서 만나는 첫 환자라 긴장했을 것 같았는데 어쩐지 내 예상이 빗나간 모양이다.

다키모토는 유명 배우로 활동했던 마쓰모토 씨를 생각해서 그녀가 출연했던 드라마를 대화 소재로 삼은 것 같았다. 환자는 이런 식의 대화를 좋아하는 사람과 좋아하지 않는 사람, 둘로 나뉜다. 특히나 유명인은 사람들 입에 오르내리는 일을 몹시 꺼리는데, 그 점을 처음에 확실히 알려줘야 했다.

"고마워요. 오래된 드라만데 잘 알고 있네요."

"인터넷으로 봤어요. 지금도 가장 좋아하는 연애 드라마거든요."

다행히도 마쓰모토 씨는 다키모토의 말을 호의적으로 받아들이는 것 같았다. 감독자의 위치에서 다른 사람이 간호하는 모습을 지켜보는 일은 직접 환자를 대할 때보다 더 신경 쓰였다.

사람을 가르치는 일이 나에게도 공부가 될 거라고 했던 오타케 씨의 말이 떠올랐다. 단순히 내게 일을 맡기려는 핑계가 아니었다는 걸 깊이 느낄 수 있었다.

"안녕. 고타로. 만나서 반가워."

406호실 환자 고타로는 다키모토가 인사를 건네도 아무런 반응이 없었다. 하지만 일부러 그러는 건 아니었다. 지난밤부터 열이 내리지 않은 탓이었다.

"체온 좀 잴게."

나는 다키모토의 행동을 지켜봤다. 해야 할 일은 이미 알려주었으니, 필요 이상으로 개입하고 싶지 않았다. 다키모토는 환자에게 말을 거는 것도 자연스럽고 동작에도 거침이 없었다.

다만 문제는 표정이었다.

"미안, 잠깐만 만질게."

고타로에게 말하는 다키모토의 안색이 어두워졌다. 동정과 비통함이 묻어나는 얼굴이었다. 이럴 때는 어떻게 말해야 할까. 나는 잠시 깊은 생각에 잠겼다.

"저, 어땠어요?"

점심 휴식 시간에 다키모토는 대놓고 내게 물었다.

이럴 때는 칭찬을 먼저 해야 하는 걸까 아니면 단도직입적으로 신경 쓰였던 점을 지적해야 하는 걸까. 다키모토가 신입인 것처럼 나 또한 교육 담당은 처음이었다. 눈치껏 알아서 배우지 않으면 안 된다. 어쩌면 오타케 씨는 그런 효과를 기대하고 다키모토의 교육을 내게 맡겼을지도 모른다.

"딱히 지적할 점은 없었던 것 같아요."

"아, 제가 후배잖아요. 업무 중이라면 몰라도 휴식 중에는 말씀 편하게 하셔도 괜찮아요."

존댓말이 오히려 말하기 편하지만, 상대가 신경 쓰인다면 원하는 대로 따라주는 것이 좋다.

"수액 교체나 환자 활동 보조 그리고 대화 시도 방법이 적절했어."

"고맙습니다."

조금 전까지만 해도 잔뜩 긴장해 있던 다키모토는 내 말에 활짝 웃었다. 감정이 훤히 드러나는 얼굴을 보자 집에 있는 반려견이 떠올랐다.

골든리트리버, 로코.

칭찬하면 기분 좋은 티를 내며 꼬리를 흔들고, 장난을 쳐서 혼을 내면 풀 죽은 표정을 노골적으로 드러내는 로코.

생각만 해도 웃음이 날 만큼 귀여운 녀석이다. 지금은 나이가 많아서 잠들어 있는 시간이 늘기는 했지만 애교만큼은 여전하다.

"한 가지 말하고 싶은 건……."

귀염성 있고 읽기 쉬운 표정은 미덕이지만 일할 때

는 결점으로 작용하기도 한다.

로코는 개라서 문제될 게 없지만 다키모토는 간호사이기 때문에 주의해야 했다.

"감정을 얼굴에 바로 드러내는 건 조심해야 할 것 같아."

"사실, 그 점은 전에도 지적받은 적이 있어요."

다키모토는 얼굴 근육을 손으로 누르더니 어깨를 풀썩 떨어뜨렸다.

"아무리 애를 써서 무표정을 유지하려고 해도, 너무 어려워요."

"표정이 너무 없는 것도 좋지 않아. 환자한테 무서운 인상을 주니까."

"알겠습니다. 최대한 상냥하게 대하라는 말씀이죠?"

"그게 아니라, 특별히 표정을 지을 필요가 없다는 얘기야. 평소 친한 사람 대하듯 하면 돼."

환하게 웃는 얼굴도 때로 사람을 불안하게 만든다. 그렇다고 일부러 굳은 표정을 지을 필요도 없다. 그냥 침착하고 자연스럽게 대하면 된다.

두려움과 불안을 가장 많이 느끼는 사람은 환자 본인이다. 간호사가 이를 부추기는 듯한 행동을 해서는 안 된다.

"네, 주의할게요."

대답은 시원시원해서 좋았으나 다키모토의 표정과 목소리에는 감출 수 없는 불안이 서려 있었다. 첫날부터 너무 심하게 타이른 건 아닐까. 아직은 후배를 대하는 게 어렵지만 그렇다고 주의만 주는 것도 안 될 것 같았다.

"말은 그렇게 했지만, 쉽게 되는 건 아니지."

"그러니까요."

누그러진 내 태도가 꽤 기뻤는지 다키모토가 재빨리 대답했다.

"뭐랄까, 병원이라는 곳이 막상 일해 보면 생각했던 거랑 다르달까요."

다키모토는 말하기 난처하다는 듯 입을 열었다.

"간호사뿐만 아니라 병원에서 일하는 사람이라면 환자가 건강해지는 모습을 지켜보면서 보람을 느낄 거라고 생각했거든요. 그런데 막상 해보니까 병원은 그런 일만 기대해서는 안 되는 곳이더라고요."

병원은 만능이 아니다. 건강을 회복하는 환자가 더 많지만 환자 중에는 귀적*에 오르는 사람도 있다. 또 의학의 발전으로 사망자 수가 감소하는 일은 있어도 제로가 되는 일은 없다.

지금까지도 그렇고 앞으로도 쭉 병원과 죽음은 따로 떼어놓을 수 없는 밀접한 관계에 있다. 삶과 죽음을 나눌 수 없는 것과 마찬가지다.

"이곳에 오기 전까지 한 달 동안 바로 위층에서 연수를 받았거든요. 재활병동인데 그곳에는 만성기 환자도 꽤 많아요."

급성기 치료가 끝나도 바로 회복을 기대할 수 없어서 병세가 어느 정도 안정된 환자를 치료하는 것을 만성기 의료라고 한다.

재활병동 입원 대상자는 고령자, 교통사고나 뇌경색으로 인해 지연성 의식장애가 있는 환자 등 쉽게

---

* 鬼籍, 불교에서 죽은 사람의 이름, 사망 연월일 등을 적어 두는 장부

말하면 장기간 의식이 돌아오지 않는 환자들이다.

재활병동에서는 그런 환자의 관절과 근육이 경직되지 않도록 전신 스트레칭을 해주며 관리한다. 하지만 치료가 어려운 환자가 대부분이라 안타깝게도 건강하게 퇴원하는 모습을 기대하기는 힘든 곳이었다.

완화의료 병동도 마찬가지여서 완치 판정을 받고 밝은 얼굴로 퇴원하는 환자는 보기 드물었다. 간혹 상태가 좋아져서 통원 치료로 전환하거나 재택 간호로 퇴원하는 사람을 배웅하는 일이 생기기도 했지만 그것도 다키모토의 이상과는 거리가 멀 것이다.

"그래서 뭐가 뭔지 헷갈리더라고요. 선배는 일하는 보람을 언제 느끼세요?"

"그런 건…… 글쎄, 생각해 본 적 없는데."

나는 다키모토가 무슨 말을 하고 싶은지 알 것 같았지만 공감할 수는 없었다.

누군가 내게 왜 완화의료 병동에서 일하느냐고 묻는다면 '그게 내 일이기 때문'이라고 대답할 수밖에 없다. 나는 지금이나 예전이나 일하면서 보람 같은 것을 기대한 적 없었다.

이건 어디까지나 내가 그렇다는 것이지 보람이나 목적의식을 가진 사람을 비웃으려는 건 아니다.

"다른 사람의 경험을 참고한다고 해서 보람이 생기는 건 아니야."

보람이라는 게 의식한다고 해서 생겨나거나 누군가에게 전달받을 수 있는 건 아니지 않은가.

"그래도 일하다 보면 천천히 알게 되지 않을까? 필요하다면 분명 찾을 수 있을 거야."

"그렇겠죠? 이제는 조급하게 생각하지 않을래요."

내 나름대로 최선을 다해 생각한 말의 의미가 다키모토에게 잘 전해진 듯했다.

"선배님, 그런데 점심 식사는 그것만 드세요?"

"응. 뭐, 이상해?"

다키모토는 자신의 컵라면과 내 앞에 있는 바나나를 번갈아 보며 물었다.

"이상하지는 않은데 너무 조금 드셔서요. 그러면 일할 때 배고프지 않으세요?"

"별로. 요즘은 나이 탓인지 많이 못 먹겠더라고."

"뭐든 나이 탓으로 돌리기보다는 몸이 안 좋으면

제대로 진찰을 받아 보시는 게 좋을 것 같아요. '의사가 제 병 못 고친다'라는 말도 있잖아요."

"난 의사도 아닌데 뭘."

다키모토는 밝고 싹싹하고 말하기 좋아하는 사람이다. 그러면서 일도 똑 부러지게 잘한다.

물론 개선해야 할 점이 없지 않지만, 나쁜 사람은 아닌 것 같다.

☾

내가 병원에서 야간 아르바이트를 한다고 하자 친구들은 하나같이 비슷한 질문을 했다. 두 번째로 자주 받는 질문부터 말하자면 "혹시 유령 같은 거 안 나와?"였고, 가장 많이 받는 질문은 "의사나 간호사랑 사귈 수도 있어?"였다. 이 질문에 대해서는 딱 잘라 노,라고 말할 수 있다. 같은 건물에서 일한다는 것 말고는 딱히 접점이 없기 때문이다. 잡담조차 나눈 적이 없는데 연애라니. 말도 안 된다.

한편 유령이 있느냐는 질문에는 단호하게 아니라

고 할 수 없었다. 일한 지 1개월 정도밖에 안 된 입장에서 뭐가 맞고 틀리다를 논하기엔 다소 이른 감이 있었다.

애초에 유령의 존재를 증명하라는 건 흰 까마귀가 없다는 걸 밝히라는 '악마의 증명'과 별반 다르지 않다. 물론 가볍게 나온 이야기로 이렇게까지 진지하게 구는 사람은 없겠지만.

야간에 병원 안을 돌아다니다 보면 아무도 없는 긴 복도를 홀로 걷는 일도 생긴다. 내 발자국과 카트 바퀴 소리밖에 들리지 않는 시간이 무섭지 않냐고 묻는다면, 당연히 무섭다. 발치의 비상등 빼고는 빛한 줄기 없는 긴 복도는 공포영화에서만 나오는 장면 같았다.

다만 공포영화와 결정적으로 다른 점이 하나 있었으니, 바로 진짜 사람이 있다는 것이다.

여기는 폐병원이 아니므로 당연히 입원 환자가 있고 환자를 돌보기 위해 일하는 사람도 있다. 24시간 병원에 환자가 있는 한 의료종사자도 함께 있는 법이다.

좀비나 유령이 제아무리 공포스럽다 해도 밝은 하늘 아래 있다면 아무렇지 않을 것 같았다. 길고 어두운 복도도 마찬가지여서 누군가 같은 건물에서 일하고 있다고 생각하면 별로 무섭지 않았다.

오늘도 배달용 카트를 밀면서 동쪽 동 4층에 도착했다. 그럭저럭 익숙해진 완화의료 병동 앞을 지나다가 문득 멈춰 섰다. 엘리베이터 홀과 아주 가까운 곳에는 휴식 공간이 있었다. 주로 병문안을 온 사람들이 이용하는 장소인데, 자동판매기 덕분에 밤에도 그곳만은 유달리 밝았다.

나는 주로 밤에 이동했기에 지금까지는 그 공간을 이용하는 사람을 본 적 없었다. 하물며 소파에 사람이 앉아 있는 일은 더더욱.

그런데 바로 오늘, 그곳에 사람이 있었다.

교복을 입은 여자아이는 소파에 앉아 캔커피를 든 채 따분하다는 듯 발을 흔들고 있었다.

무섭지 않다.

무섭지는 않지만 으스스한 광경이었다.

어두운 밤, 교복 차림의 소녀가 병원에 혼자 있는 장면은 말 그대로 공포영화의 한 장면 같았다.

혹시 유령 같은 것일까. 그럴 리 없다고 생각했지만 아무래도 이곳이 야간 병원이다 보니 유령이 나와도 이상할 게 없다는 생각이 들었다.

내가 가까이 다가가기를 망설이고 있는데 여자아이가 고개를 들었다. 내 시선을 눈치챈 걸까. 결국 여자아이와 눈이 마주쳤다.

"아, 안녕."

나는 일단 먼저 인사를 건넸다.

"안녕하세요."

여자아이도 당황하더니 가볍게 고개를 숙였다. 그러고는 바로 표정을 누그러뜨렸다.

"유령인 줄 알았어요."

"나도."

서로 같은 생각을 하고 있었다. 역시 아무리 봐도 평범한 사람이었다. 도깨비나 요괴 종류는 아니었다. 그야 당연히 그렇겠지.

언뜻 보기에도 앳된 얼굴의 여자아이는 오히려 나

보다 침착했다.

"서로 착각했네요. 조금 전까지 유령에 관한 소문을 들어서 그런 게 보인 건가 했어요."

"소문이라니. 그런 게 있어?"

"오빠는 이 병원 간호사……는 아닌가 봐요."

여자아이는 내가 매점 앞치마를 둘러 입은 것을 이제 막 알아본 모양이었다.

"좀 전에 간호사 선생님한테 들었거든요. 유령이 나온다는 소문이 오래전부터 있었다고. 제가 옛날부터 유령 같은 걸 잘 보는 편이라 궁금해서요."

나는 지금까지 한 번도 유령을 본 적 없었다. 그리고 이 병원에 그런 소문이 있다는 것도 듣지 못했다. 베테랑인 하마다 씨라면 이미 알고 있을지도 모르지만 내가 무서워할까 봐 일부러 말하지 않았을 수도 있다.

"그런데 유령 소문이라면 어떤……?"

"모르는 사이에 환자의 물건이 정리되어 있더라. 다른 병실을 쓰는 환자가 같은 유령 이야기를 하더라, 뭐 그런 식이에요. 유령은 남자인 것 같고요."

"그렇게 무서운 이야기는 아닌 것 같네."

"네. 자시키와라시*처럼 보면 좋은 일이 생기는 유령일지도 모르죠."

하지만 이성적으로 생각해 봐도 오밤중에 여자아이가 혼자 있는 풍경은 역시 어색했다. 하물며 유령이 아니라면 더 이상하다.

"그나저나 넌 여기서 뭐 해?"

"동생 병문안 왔어요. 병실에서 하룻밤 묵기로 했거든요. 지금은 잠깐 숨 좀 돌리러 나온 거고요."

그러고 보니 완화의료 병동은 환자 가족이 병실에서 묵을 수 있다는 말을 들은 적이 있었다. 직접 겪어 본 적은 없지만.

"바닥에서 다 함께 자는 거라 파자마 파티보다는 수학여행 온 느낌이긴 해요."

"재미있겠네."

---

* ざしきわらし. 어린아이의 모습을 한 요괴. 집안에 살면서 사람들에게 장난을 치거나 자신을 본 사람에게 복을 가져다준다고 함.

"뭐, 그렇죠."

내 맞장구에 여자아이는 난감하다는 듯 애매한 웃음을 짓더니 말을 고르는 것처럼 발끝으로 시선을 떨어뜨렸다.

여자아이가 신고 있는 신발이 로퍼여서 나는 이 아이에게 '로퍼'라는 별명을 붙이기로 했다.

"행복한 가족이죠."

말과는 상반되게 로퍼의 표정은 어두워 보였다.

"여동생이 병에 걸리고 가족 모두가 똘똘 뭉쳤어요. 수술이나 방사선 치료가 잘될 때마다 함께 기뻐했고 재발했을 땐 다 같이 의기소침해졌죠."

암은 일반적인 방법으로는 치료가 불가능하다. 그건 나도 잘 알고 있었다.

"그러다 더는 손쓸 수 없게 돼서 앞으로 어떻게 할지 서로 다투다가 결국 화해했어요. 이제부터는 다 같이 남은 시간을 최대한 즐겁게 지내기로요."

"멋진 가족이네."

"그렇지만 문병 때문에 매일 병원에 다니고 있다고요. 굳이 몇 시간씩 들여가면서. 집 근처에는 동생이 입원할 수 있는 시설이 없다나 뭐라나."

"그게 싫어?"

"싫은 것보다 내년 이맘때는 저도 대입 시험을 봐
야 하는데. 그러려면 지금부터 죽어라 공부해야 하거
든요. 그렇다고 병원을 안 올 수도 없고. 동생 때문에
내 진로도 제한되니까……."

점점 말이 빨라지던 로퍼는 그쯤에서 퍼뜩 정신이
들었는지 고개를 들었다.

"갑자기 이런 이야기를 해서 당황스럽죠."

"그렇지 않아. 괜찮으면 계속 듣고 싶은데."

"친절한 유령이시네요."

"아니, 유령 아니래도."

평범한 아르바이트생이라고 말하려다가 아무려면
어떤가 하는 생각이 들었다. 여기서 딴전 피우며 시
간을 보내면 일을 땡땡이 치는 것과 같아서 로퍼는
그게 신경 쓰이는 듯했다.

"지금 휴식 시간이라 괜찮아."

나는 우선 거짓말을 했다. 배달용 카트는 복도 한
쪽에 세워서 방해될 게 없고 소등 시간인 밤 9시까지

는 아직 여유가 있었다. 여기서 시간을 조금 쓰더라
도 큰 지장은 없을 것이다.

가슴 속에 억눌렀던 감정을 토해낼 수 있는 시간
은 귀중하다. 가족이나 친구에게도 말할 수 없는 이
야기라면 나와 상관없는 타인에게 털어놓는 게 더 편
할 수도 있다.

"걱정 말고 얘기해 봐. '옷깃만 스쳐도 인연'이라는
말도 있잖아."

어지간한 일은 혼자서 끙끙 앓는 것보다 털어내는
편이 좋다. 오지랖 넓은 나의 권유에 로퍼는 쓴웃음
을 지으며 말했다.

"대단한 이야기는 아닌데…… 돈이 많이 들어요."

"치료비?"

"치료비는 지원금이랑 보험도 있고 30퍼센트만 부
담하면 되니까 어찌저찌 되는 것 같은데 이렇게 병원
까지 오는 데 드는 차비나 여기 머물면서 써야 할 돈
이 있잖아요. 게다가 시간도 많이 투자해야 하고."

"아. 그렇겠네."

"부모님이 동생 치료 때문에 돈이랑 시간이 많이

든다고 어쩌면 나를 대학에 못 보낼 수도 있대요. 그렇다고 부모님한테 화를 낼 수도, 동생한테 화풀이할 수도 없잖아요. 어쩔 수 없지만 쉽게 받아들일 수가 없더라고요."

로퍼는 그래서 가족들의 얼굴을 보기가 싫어졌고 병실을 나와 혼자만의 시간을 가졌던 것이다. 그제야 비로소 이 어색한 상황들이 이해됐다.

"제가 너무 매정한 걸지도 몰라요. 솔직히 동생 치료가 어렵다는 말을 들었을 때보다 내가 대학에 갈 수 없다는 말을 들었을 때가 더 충격이었어요."

"그럴 수도 있는 거 아닌가?"

나는 이기적인 게 딱히 나쁜 거라고 생각하지 않는다. 누구나 마음 한편에 그런 감정이 도사리고 있으니까. 마음속에 어떤 감정을 품든 누가 무슨 상관이겠는가. 어떤 규칙이나 규율도 사람의 머릿속까지 속박할 수는 없다.

"어쩐지 오빠한테는 말을 꺼내기가 편하네요. 꼭 혼잣말하는 것 같아서 사람이랑 대화하는 기분이 안 들어요."

"고마워."

칭찬인지 미심쩍긴 하지만 나는 로퍼에게 고맙다고 했다. 그러면 칭찬받은 게 되니까.

"제가 고맙죠. 마음이 조금 편안해졌어요. 이왕 하소연하는 김에 엄청 못된 말 좀 해도 될까요?"

"그럼. 무슨 얘기든 들어줄게."

"비밀이니까 꼭 지켜요."

로퍼는 내게 거듭 당부하더니 눈을 질끈 감았다. 그리고 몇 번 심호흡을 한 뒤 다시 눈을 떴다.

"완화의료 병동이, 왜 필요한 거죠?"

로퍼는 그렇게 중얼거리더니 바로 입을 다물었다.

"괜찮으니까 얘기해. 나 말고는 아무도 듣는 사람 없어."

실제로 복도에는 아무런 기척이 없었다. 그야말로 유령이 나타날 기미조차 보이지 않았다.

로퍼는 주저하며 알아들을 수 없는 소리를 몇 번 웅얼거리더니 이윽고 뱉어내듯 천천히 말했다.

"병을 고칠 수도 없는데 입원한다든가, 낫지도 않는 사람한테 약을 쓴다는 게 아깝다는 생각이 들어서요."

로퍼의 마음 밑바닥에 가라앉아 있던 생각들일까. 처음에 로퍼는 이야기를 차분하게 이어가려는 것 같았지만 어느 순간 말이 점점 빨라졌다. 로퍼의 말은 비탈진 언덕길을 굴러 내려가듯 점점 속도가 붙었다.

"돈도 약도, 심지어 병실도 남아도는 게 아니잖아요. 그런데도 그 귀중한 돈을 낫지도 않을 환자한테 쓰는 건 쓸데없는 일 아닌가요?"

"그게……"

로퍼는 잠시 앓는 소리를 내더니 이내 말을 멈췄다. 마지막 한 마디만은 어떻게든 삼키려 하는 것 같았지만 결국 그 말은 입 밖으로 흘러나와 버렸다.

"……어차피 죽을 텐데."

속마음을 몽땅 털어놓았을 텐데 로퍼의 표정은 후련해 보이기는커녕 몹시 불편해 보였다. 마치 본인 입에서 나온 말의 추악함에 겁먹기라도 한 것처럼.

"무슨 말을 하고 싶은지는 알겠어."

로퍼가 잘못한 건 없다. 누구에게든 불만을 털어놓고 싶었겠지.

"그렇지만 결코 쓸데없는 일은 아니야."

나는 그렇게 말한 뒤 반박할 말을 생각했다. 이유야 어찌 됐든 로퍼도 다른 사람의 생각을 듣고 싶어서 이런 이야기를 꺼냈을 거라는 생각이 들었다.

"정리하자면, 너는 곧 병으로 죽을 사람보다 앞으로 살아갈 사람이 더 가치 있다고 생각하는 거잖아."

"직설적으로 표현하자면 그런 거예요."

"왜 그렇게 생각해?"

"그거야. 단순하게 생각하면 시간은 오래 사는 사람 편이니까요. 움직이지도 못하는 사람보다 미래가 있는 사람을 가치 있게 여기는 편이 더 합리적이지 않을까요?"

오래 산다고 해서 마냥 좋은 일만 있는 것은 아니다. '신동도 스무 살이 넘으면 보통 사람'이라는 말도 있다. 늙어서 추레하고 비참한 삶을 사는 왕년의 스타 이야기는 손에 꼽을 수 없을 정도로 많지만, 로퍼에게 그런 예를 드는 건 결코 좋은 생각이 아니다.

오래 살면 밝은 미래가 펼쳐질 거라고 믿는 아이에게 인생은 나쁜 방향으로도 흘러갈 수 있다고 말하는 건 연장자로서 올바른 태도는 아닌 것 같았다. 다만, 조금 강하게 이야기할 필요는 있었다.

"음, 너 혹시 얼마나 빨리 달릴 수 있어?"

"갑자기 무슨 말이에요?"

"인간의 가치라는 건 도대체 누가, 어떤 기준으로 매기나 뭐 그런 이야기를 이제부터 해볼까 싶어서."

장수하는 사람이 단명하는 사람보다 우월하다는 것은 부정할 수 없는 사실이다.

추하고 볼품없어도 좋으니까, 조금이라도 오래 살았으면.

일찍 부모님을 떠나보내고 느꼈던 나의 심정이었다. 나는 두 분이 더 오래 살았으면 했다. 그 생각은 지금도 변함이 없다. 물론 부모님의 죽음은 각각 교통사고와 병이라는 뒤집을 수 없는 원인이 분명했고 손쓸 방도가 없었다는 걸 안다. 그러니까 이건 내 힘으로 어찌할 수 없는 바람이다.

"이래 보여도 나, 대학생이야. 말하자면 시험에 붙는 능력은 어느 정도 뛰어나다는 거지. 하지만 음악은 완전 꽝이야. 음치인 데다 악기도 다룰 줄 몰라.

대학 시험에 가창력 과목이 있었다면 아마 떨어졌을 거야."

"아, 그래요?"

그래서 뭐 어쩌라는 거야.

로퍼의 속마음이 그대로 느껴진다. 내 생각을 조리 있게 설명하지 못해서 답답했다.

"그러니까 병으로 곧 죽을 사람은 오래 사는 사람에 비해 가치가 없다고 판단하는 건 조금 성급한 것 같아. 생존 능력만 제외하면 그 사람들한테는 네가 갖고 싶었던 뛰어난 능력이 있을지도 모르잖아."

"정말 그럴까요?"

"음, 못 믿겠으면 시험해 봐도 좋아. 그림을 굉장히 잘 그리는 사람, 노래를 잘하는 사람, 관찰력이 뛰어난 사람 등 분명 다양한 사람이 있을 테니까."

참고로 우리 아빠는 사진을 잘 찍었다. 커다란 카메라를 목에 걸고 가족들의 사진을 찍었던 게 기억났다. 사진에 찍힌 엄마와 나는 항상 웃고 있었다.

아빠가 찍은 사진은 보기만 해도 과거로 시간 여행을 할 것만 같은 힘이 있었다. 아빠는 사진으로 소중한 순간을 특별하게 담아내는 능력을 지닌 사람이었다.

엄마는 연예계에서 눈부신 공적을 남겼다. 나는 잘 모르지만, 세상 사람들은 기억해 줄 것이다.

"일단 상대를 알아가는 것부터 시작하는 거야. 먼저 동생부터 잘 관찰해 봐. 높이 살 만한 점이나 네가 봐도 감탄이 나오는 부분 같은 거. 꼭 살았으면 좋겠다는 생각이 들 정도로 뛰어난 장점을 찾을 수도 있잖아."

"만약 없으면요?"

"그때는 내가 사과하는 의미로 주스라도 살게."

"너무 싸게 때우려는 거 아니에요?"

"힘들게 공부하는 학생이니까 좀 봐줘."

"뭐, 어쩔 수 없지. 좋아요. 확인해 볼게요."

로퍼는 빈 캔을 쓰레기통에 버리고 결심한 듯 자리에서 일어났다.

"그럼, 또 만나요."

나는 인사를 받아준 뒤 병실로 돌아가는 로퍼를 배웅했다. 로퍼가 가고, 나는 가만히 머리를 감쌌다.

내 설명이 너무 서툴렀다는 후회가 밀려와서 자괴감
이 들었다.

그 순간 요리사 할머니의 병실 앞에서 봤던 손자
와 간호사의 대화가 생각났다. 그때 간호사는 전하
고 싶은 말을 군더더기 없이 확실하게 전했다. 나도
그렇게 했으면 좋았을 텐데. 생각할수록 새삼 아쉬운
마음이 들었다.

🌙

"병원에 유령이 나온다는 얘기, 사실이에요?"

야간 근무 휴식 시간에 다키모토가 파래진 얼굴로
물었다. 어쩐지 야간 근무가 시작된 무렵부터 다키모
토의 상태가 이상하다고 생각했는데, 설마 이런 이유
때문일 거라고는 상상도 못 했다. 순간 나도 모르게
웃음이 터질 뻔했다.

"어제 환자분 가족이 이야기하는 걸 우연히 들었거
든요."

"뭐든 그대로 믿어버리는 건 좋지 않아."

"저도 그렇게 생각해서 여러 사람한테 확인해 봤죠. 아, 물론 근무 중에 그런 건 아니에요. 휴식 시간이나 근무가 끝난 후에 병원에서 오래 일하신 분한테 물어본 거예요. 제일 먼저 매점의 하마다 씨한테."

"이야, 상대 하나는 제대로 골랐네."

그녀는 내가 아는 사람 중 최고의 정보통이다. 소문에 관해 묻기에는 안성맞춤일 것이다.

"하마다 씨의 말에 따르면 남자 유령이 나오는 것 같더라고요. 옛날에 이 병동에 입원했던 사람인데, 기적적으로 나아서 퇴원한 환자의 영혼이래요."

"병이 나아서 퇴원한 사람이 유령이 돼서 나온다고?"

"그 유령을 보면 몸이 좋아진대요."

"그런데 다 나아서 퇴원했다면 살아 있다는 얘기잖아, 그 사람."

"그럴지도요. 아! 퇴원한 후에 노환으로 돌아가신 게 아닐까요? 아니면 살아 있는 사람의 영혼이든가."

"그런 유령이 있을까?"

내게 유령이라면 원한이나 앙심을 품고 나타난다

는 이미지가 강했다. 하지만 내가 아는 한 완화의료 병동에 입원한 환자 중에 완전히 나아서 퇴원한 사례는 들어 본 적이 없었다. 상태가 좋아져서 퇴원하는 사람은 가끔 있지만 암이 사라진 것은 아니기 때문에 소문은 어디까지나 소문일 것이다.

"보면 좋은 일이 생긴다며. 그럼 유령이 있다고 해도 무서울 게 없잖아."

"그게, 노마 씨한테 들은 이야기는 또 다른 유령이에요."

약사인 노마 씨에게도 물어본 모양이다. 그 사람은 농담을 좋아하니까 어쩌면 재미 삼아 이야기했을 수도 있다.

"여기 입원했던 환자인 것 같은데, 여자 유령이고 생전에 입원했다가 홀연히 사라진 것 같더라고요."

"환자가 갑자기 사라졌다면 병원에서 난리가 크게 났을 텐데."

"그 사람은 유령이 된 지금도 병동을 떠돌면서 자기처럼 병원에 입원한 사람을 아무도 모르는 곳으로 데려간대요."

흔히 들을 수 있는 괴담이다. 아마도 노마 씨는 상대가 진지하게 받아들일 거라고는 생각 못 하고 이야기했겠지만 다키모토는 사실로 여기는 것 같았다.

"게다가 다카하시 선생님도 전에 유령을 본 적이 있대요."

설마 주치의까지 이 이야기에 동참했을 줄이야.

"어린아이 유령인데 딱히 나쁜 짓을 하는 건 아니래요. 자기가 죽은 걸 아직 깨닫지 못하는 유령이 아닐까 한다고."

"여기 유령이 꽤 많은 모양이네."

병동에 출몰한다는 유령 이야기는 내가 일하기 시작한 십수 년 전부터 반복해서 들린 소문이었다. 하지만 그때마다 소문의 내용은 달라져 있었고 얼마 지나지 않아 잠잠해졌다. 그래서 지금까지 진지하게 받아들인 적이 없었다.

"재미있는 이야기 중이구나."

오타케 씨가 그렇게 말하며 나타났다.

"죄송합니다. 제가 조심성이 없었어요."

"휴식 시간 잡담까지 흠잡을 생각은 없어요."

민망해하는 다키모토를 향해 오타케 씨는 상냥하게 미소 지었다.

"유령 소문은 여러 가지가 있는데. 소문의 근원이 된 환자는 있었지. 시간이 지나면서 그 환자 이야기에 점점 살이 붙어서 여러 이야기로 파생된 거야."

수간호사인 오타케 씨까지 유령 이야기에 뛰어들 줄은 몰랐다. 이것 또한 뜻밖이었다.

다키모토는 오타케 씨의 이야기에 완전히 빨려 들었는지 귀가 솔깃해진 것 같았다.

"수간호사 선생님도 알고 계셨어요?"

"물론이지. 내가 신입이었을 때 입원했던 환자라. 벌써 언제 적이야. 고등학생 남자아이가 입원했었어."

창가에 기대선 오타케 씨가 천천히 이야기를 시작했다. 신입인 다키모토뿐만 아니라 나름대로 오래 근무한 나도 처음 듣는 이야기였다.

"그 아이는 의사가 되고 싶다는 말을 자주 하곤 했어. 자기랑 같은 병으로 고생하는 아이들이 조금이라도 줄었으면 한다고. 여기 입원해서도 병실에서 공부를 했지. 결국 죽고 말았지만."

다키모토는 말을 잃은 듯 눈물을 글썽였다. 오타케 씨의 차분한 말투에 저도 모르게 감정이 몰입된 것 같았다.

"저 나무 보여?"

오타케 씨가 창밖을 가리켰다. 다키모토가 창문 옆으로 다가갔다. 거기에서 보이는 풍경이 어떤지 잘 알지만 나도 그 뒤를 따라갔다.

밤이라 어두워서 알아보기는 힘들었지만 창밖으로 중정이 내다보였다. 병원 관계자나 문병객이 이용할 수 있는 중정에는 벚나무 여러 그루가 심어져 있었다. 병동 창문에서 새어 나오는 빛 덕분에 나무가 있다는 것은 어렴풋이 알 수 있었지만 낮과 달리 또렷하게는 보이지는 않았다.

"저 나무. 그 아이의 부모님이 기증해 주신 거야. 가끔 철에 맞지 않게 꽃을 피우지. 조금이긴 하지만 꽃이 필 때면 그 아이가 이곳에 돌아와서 의사처럼 환자를 지켜봐 준다는 소문이 나오게 된 거야."

"그럼, 지금도 꽃이 피어 있나요?"

"응. 밝을 때 한번 봐. 10월인데도 벚꽃이 피었다니까. 이런 걸 '철모르고 피는 꽃'이라고 하지."

"그렇군요."

벚나무에 숨겨진 이야기에 매료된 것처럼 다키모토는 가만히 창밖을 바라보았다.

"자, 이제 휴식 끝! 다들 라운딩 다녀오세요."

"네! 아이 유령한테 지지 않도록 저도 힘낼게요."

간호실을 나서는 다키모토의 표정이 아까보다 밝았고 목소리에도 힘이 넘쳤다.

나는 다키모토를 뒤따라가기 전에 창가의 오타케 씨에게 물었다.

"지금 이야기, 어디까지가 진짜예요?"

나의 질문에 오타케 씨는 입만 살짝 웃어 보였다.

아주 거짓말은 아니겠지만 조금 전의 이야기가 다 사실이라고도 믿지 않는다.

"애초에 저 나무는 시월벚나무잖아요."

왕벚나무 등 일반적으로 '벚나무'라 불리는 품종은 봄에 꽃이 핀다. 그것이 벌레나 날씨의 영향으로 가을이나 겨울에 일부가 꽃을 피우면 '철모르고 피는 꽃'이라고 부르는 게 사실이다.

가을부터 겨울에 걸쳐 꽃이 피었고 나머지는 봄에 피었다. 즉, 유령이 나타난 겨울에만 철에 맞지 않게 꽃이 핀다는 말은 사실이 아니다. 적어도 유령을 둘러싼 소문의 일부분은 지어낸 이야기다.

왜 그렇게 이야기했을까, 하는 의문은 오타케 씨의 목적에서부터 역산해 보면 쉽게 풀린다. 아마도 다키모토의 의욕을 꺾지 않으려는 마음이겠지.

"역시 구라타 씨한테는 못 당하겠네."

오타케 씨는 생긋 웃으며 거짓말을 인정했다.

"그래도 너그럽게 봐줘. 사람은 가끔 유령을 원할 때가 있으니까. 이런 장소에서는 특히."

그렇게 말하며 미소 짓는 오타케 씨는 더 이상의 설명을 생략했다.

나는 다키모토를 따라잡기 위해 간호실을 나섰다. 그때, 얼핏 사람의 기척이 느껴져서 뒤를 돌아보았다. 병동 입구, 그 투명한 문 너머에 남자아이 하나가 서 있었다. 고등학생 정도로 보였다. 목에 걸린 커다란 헤드폰이 눈에 띄었다. 고개를 숙이고 있는 아이의 표정이 어두웠다.

"구라타 선배님!"

나는 다키모토가 부르는 쪽으로 갔다. 다키모토는 라운딩 준비를 끝내고 의료용 카트를 밀고 있었다.

"왜 그러세요?"

"응, 병문안 온 환자 가족이……."

나는 다키모토에게 말하면서 입구 쪽으로 시선을 돌렸다. 면회는 취침 시간인 오후 9시까지 가능해서 지금은 접수만 받을 시간이었다. 남자아이에게 절차를 설명해야 했다. 그러나 다시 돌아봤을 때 남자아이는 이미 사라지고 없었다.

병문안을 온 거라면 굳이 모습을 숨길 이유가 없다. 그렇다고 내가 잘못 봤다는 생각은 들지 않았다. 그런데도 남자아이는 감쪽같이 사라져 있었다.

마치 유령처럼.

"선배?"

"아니, 아무것도 아니야. 갈까?"

의외로 유령 이야기를 진지하게 받아들이는 건 나일지도 모른다. 그렇게 생각하니 조금 전 오타케 씨가 한 말이 신경 쓰였다.

사람은 가끔 유령을 원할 때가 있다.

그 말이 무슨 뜻일까. 기회가 되면 다시 물어볼 생각이었다.

☾

"동생한테 특별한 재능 같은 건 없었어요."

밤이 찾아온 병원에서 로퍼는 나를 만나자마자 말했다. 로퍼는 오늘도 병동 입구에 있는 자동판매기 쪽 소파에 앉아 있었다. 처음 만난 날과 똑같은 상황이지만 이번에는 날 기다리고 있었던 것 같다.

"그렇게 빨리 알 수 없는 거 아닌가?"

그날 로퍼를 만나고 아직 이틀밖에 지나지 않았다. 무슨 일이든 이렇게 서둘러 결론을 내리는 건 지나치게 성급한 짓이다.

"그러면 얼마나 시간을 들여야 해요? 일주일? 한 달?"

"너무 서두르네. 그러지 말고 자세히 말해봐. 동생

이랑 어떻게 지냈어?"

"평소보다 상태가 좋아 보여서 오셀로 게임*을 했어요. 그리고 트럼프도. 전부 내가 이겼지만요. 아, 크리스마스 리스도 만들었어요."

"바로 그거야. 지루할 틈이 없었겠네. 그걸로 충분하지 않겠어?"

"어, 설마 이러려고 그렇게 장황한 이야기를 한 거예요?"

"'장황한 이야기'라는 말은 조금 상처인데."

그날 로퍼는 나에게 완화의료 병동이 왜 필요한지를 물었고, 나는 병에 걸려 죽음을 앞둔 사람에게도 약이나 병원 치료처럼 더 나아지게 할 가치가 있다고 말했다. 하지만 그건 내가 즉흥적으로 꺼낸 대답에 불과했다. 로퍼가 동생의 병실로 돌아갈 계기를 만들어 주기만 하면 충분하다고 생각해서 그렇게 이야기를 끌어간 것뿐이다.

---

* Othello game, 두 사람이 흑백의 동그란 말로 하는 보드게임

제대로 반론한다면 이야기는 달라진다.

"솔직히 말하면 사람이 꼭 우월할 필요는 없다고 생각해."

나는 로퍼에게 이어 말했다.

"모든 면이 뛰어난 사람은 없으니까. 사람을 승자와 패자로 나눈다면 누구나 다 패자 그룹에 들어갈 수 있는 거야. 어떤 분야인지에 따라서."

일류 스포츠 선수도 음치일 수 있다. 또 노래는 잘하지만 요리는 못 할 수도 있고, 사람을 사귀는 게 서투를 수도 있다. 여러 분야를 넘나들며 활약하는 사람도 있겠지만 어느 것도 서툴지 않은 사람은 아무도 없다. 그래서 어떤 상황이든 일부분만 보고 이겼네 졌네 호들갑 떠는 건 어리석은 짓이다.

모두 똑같은 패자.

사회라는 테두리 안에 사는 한 우리는 늘 패자다.

"그럴 때는 보통 모두 승자라고 하지 않나요?"

로퍼의 말도 일리가 있지만 그런 말은 왠지 겉만 번지르르할 뿐 현실성이 떨어진다. 다소 부정적인 쪽이 더 설득력 있지 않을까.

로퍼의 지적을 웃어넘긴 나는 결론으로 들어갔다.

"암 같은 건 언제, 누가 걸려도 이상하지 않은 병이야. 지금은 너나 나나 건강하지만 내일이 되면 모르는 거고. 만약 그렇다면 암에 걸리더라도 안심하고 마음 편히 지낼 곳이 있는 사회가 더 좋지 않겠어?"

인간은 자신이 죽임을 당하고 싶지 않아서 타인을 죽여서는 안 된다는 법을 만들었고, 가진 걸 도둑맞고 싶지 않아서 절도를 범죄로 규정했다.

죄란, '내가 겪고 싶지 않은 고통을 타인에게 가해서도 안 된다'라는 원칙이 이어져 정해진 게 아닐까.

대학에서 친구와 그런 이야기를 나눈 적이 있다. 이기적인 인간은 이타적인 행동을 할 수 없고 자신의 이익을 추구하려면 타인의 이익도 존중해야 한다고. 하지만 나 자신도 이해할 수 없는 이런 복잡한 말을 할 수는 없으므로, 로퍼에게는 최대한 이해하기 쉽게 설명하고 싶었다.

"병이 낫는 게 가장 좋겠지. 하지만 그게 어렵다면 적어도 고통을 줄여줄 곳에서 지내는 게 마음이 편하잖아. 완화의료 병동이 바로 그런 곳이야. 전에 질문했던 거. 이게 답이 될 수 있을까?"

'어째서 살 가망이 없는 사람을 치료하는가'라는 의문으로 다시 돌아왔을지는 몰라도 나는 나름대로의 답을 내놓았다. 로퍼는 알아들은 건지 만 건지 실로 미묘한 표정으로 눈썹을 실룩이더니 잠시 후 불쑥 입을 열었다.

"제가 굉장히 지독한 말을 한 거네요."

로퍼는 아무래도 전에 한 말을 후회하는 모양이었다. 하긴, 꽤 과격한 말이긴 했다. 들은 사람이 나뿐이라서 정말 다행이었다.

"맞아. 하지만 이건 너나 동생 잘못이 아니야. 너희 부모님도 마찬가지고. 누구의 잘못도 아닌 거야. 모두가 애써도 어쩔 수 없는 일도 있어. 다 나아서 건강하게 오래 살 수 있다면 그게 가장 좋겠지만."

나는 눈곱만치도 훌륭한 인간이 아니다. 누군가를 구할 수도, 병을 고칠 수도 없다. 어려움에 빠진 사람에게 손 내미는 일도 제대로 하지 못하는 나약한 인간이다. 그러니까 고작 이런 서툰 위로나 건네는 거고. 그조차도 제대로 전해졌는지 알 수 없다.

교통사고로 고인이 된 아빠가 살아 있었다면. 작년에 병으로 떠난 엄마가 아직 살아 있었다면.

때때로 그런 아쉬운 생각이 들었지만 현실적으로 불가능한 일이었다.

다만. 이 아이가 동생과 조금이라도 좋은 시간을 보낼 수 있도록 도울 수 있다면 그걸로 충분할 것 같다. 지금 나눈 대화가 로퍼에게 도움이 되길 바라는 것만이 나의 최선이었다.

🌙

11월 17일 오후.

환자 가족과의 면담을 위해 주치의인 다카하시 선생과 면담실로 향했다.

면담은 수간호사인 오타케 씨가 대부분 맡았지만 오늘처럼 쉬는 날은 내가 대신하고 있다. 그 탓에 병실 라운딩은 신입인 다키모토가 혼자 하는 중이다. 다키모토가 완화의료 병동에 온 지 대략 보름이 됐다. 슬슬 병동 업무에도 익숙해졌을 테니 딱 좋은 기회다.

오늘 면담은 406호실 환자인 고타로였다. 나와 다카하시 선생은 면담을 대비했지만 준비만으로 순조로울 거라고 단정할 수 없는 게 면담의 어려운 점이다. 특히 오늘 면담은 진작부터 틀어지고 있었다.

면담실 안 테이블을 사이에 둔 맞은편 자리에는 고타로의 아빠만 앉아 있을 뿐 엄마는 없었다.

진료자로서 아이 환자라면 부모가 함께 있는 편이 이상적이었다. 특히 이번에는 고타로의 엄마와 이야기를 나누고 싶었는데 역시 어려울 듯했다.

"죄송합니다. 아내는 올 형편이 못 돼서."

고타로의 아빠는 그렇게 사과했지만 아내가 오지 않을 거라는 걸 진작 알고 있었을 게 분명하다. 고타로의 엄마는 처음부터 완화의료 병동 입원에 대해 부정적이었다.

'이곳에서 아들이 죽어가는 걸 가만히 두고 볼 수는 없어요.'

고타로의 엄마가 한 말이 지금도 또렷하게 기억났다. 마치 내던지듯 퉁명스러운 말투였다.

완화의료 병동에 대한 인식은 내가 신입이었던 시절에 비하면 꽤 좋아졌다. 예전에는 고타로의 엄마처럼 생각하는 사람들이 많았다. 한 번 입원하면 죽기 전까지는 나갈 수 없으며, 환자를 죽게 내버려 두는 곳이라는 말들을 일상적으로 들었다.

지금도 종종 그런 말을 하는 환자와 가족들이 있지만 그 수는 상당히 줄었다. 그럼에도 이곳이 죽음과 밀접한 관계가 있는 장소라는 건 변하지 않는 사실이다. 거부감을 느끼는 사람이 있는 것도 어찌 보면 자연스러운 일이다.

"고타로의 병실에 식품을 반입하고 계시네요."

주치의인 다카하시 선생은 인사도 대충 건너뛰고 딱딱한 어조로 본론으로 들어갔다.

"검증되지 않은 식품은 반입을 금지한다는 게 본원의 방침입니다."

병실 쓰레기통에서 낯선 식품 포장 용기가 발견됐던 게 일의 발단이었다.

우리 병원은 자유 진료나 민간요법에 너른 편이지만 식품이나 약품 반입은 엄격하게 제한했다. 환자의 영양 상태를 상세하게 기록하기 때문에 이런 일이 발생하면 치료에 지장이 생겼다.

"죄송합니다."

고타로 아빠는 어떤 변명도 하지 않고 바로 머리를 숙였다. 그 식품을 고타로의 아빠가 들여온 게 아니라는 걸 안다. 하지만 알고 있음에도 병원 측에서도 미리 말해두지 않으면 안 되는 사항이 있다.

"우리 병원에 입원한 이상 병원 방침을 이해하고 따라주시지 않으면 곤란합니다. 가족끼리 충분히 협의가 되지 않으면 향후 치료 방침에 대해서 재검토를 할 수밖에 없습니다."

다카하시 선생이 담담하게 말했다. 완곡한 표현을 걷어 내면 '비슷한 일이 계속 발생한다면 퇴실 조치를 하겠다'는 뜻이었다.

냉정하게 들리겠지만 완화의료 병동에 들어오려는 사람은 많았다. 입원을 원하지 않는 사람을, 혹은 입원시키고 싶지 않은 가족을 군이 설득까지 해야 할 필요는 없었다.

자원도 시간도 한계가 있었다. 정말로 필요한 사

람들에게 두루 기회를 주려면 이런 엄격한 대응도 필요했다.

"실례합니다."

그때 입구에서 다키모토가 들어왔다.

"구라타 선배님, 잠깐 뵐 수 있을까요?"

다키모토의 표정에서 절실함이 느껴졌다. 아무래도 내 도움이 필요한 일이 생긴 듯했다.

나는 다카하시 선생에게 자리를 비워도 될지 눈짓을 보냈고 그는 고개를 끄덕였다. 나는 고타로 아빠에게 인사를 건넨 뒤 면담실을 나왔다.

"무슨 일이야?"

"일단 406호실로요. 이럴 때는 어떻게 해야 할지 모르겠어요."

다키모토는 눈에 띄게 당황하고 있었다. 자세한 이야기는 현장에 가서 들어야 할 것 같았다.

406호실. 고타로의 병실이다. 문을 노크하고 안으로 들어서자 한 여자가 있었다.

여자는 커다란 가방에서 통조림과 페트병을 꺼냈다. 나를 바라보는 눈빛에서 적개심이 느껴졌다. 전에도 한 번 본 적 있었던, 고타로의 엄마였다.

간호실에서 아무런 연락이 없었다는 건 정규 절차를 밟지 않고 병실까지 들어왔다는 뜻이겠지. 병동 입구에서 간호실까지의 거리는 가깝지만 상주하는 인원이 많지 않았다. 고타로의 엄마가 병실까지 몰래 들어오기는 어렵지 않았을 것이다.

아마도 다키모토가 병실에서 고타로 엄마와 맞닥 뜨리고 당황한 나머지 나를 찾아온 것 같았다.

"안녕하세요."

나는 고타로 엄마에게 인사부터 건넸다.

"지금 남편분이 면담실에 계세요. 괜찮으시면 고타 로를 어떻게 케어할지 함께 이야기를 나누었으면 합니다."

"아뇨, 괜찮습니다."

고타로 엄마가 홱 뿌리치듯 거절했다. 목소리에 감출 수 없는 마음의 화가 배어 있었다.

결국 교섭에는 실패했다.

"케어니 뭐니, 그런 번드르르한 말을 써봤자 결국 낫지 않으면 의미 없잖아요?"

고타로는 침대에 잠들어 있었다. 이 대화를 듣지 못해서 다행이었다. 고타로 엄마가 이어 말했다.

"그 사람, 결국 고타로의 일을 가볍게 생각하고 싶은 거예요. 하긴, 진지하게 여겼다면 애초에 이런 곳에 입원시키지도 않았겠죠."

고타로 엄마의 말투는 한없이 침착했지만 거기에는 어떤 분노의 감정이 실려 있었다.

"환자를 치료하지 않는 의사가 있는 병원에 계속 있어야 할 이유는 없어요."

"치료를 안 하는 게 아니에요. 완화병동은 환자의 고통을 없애고 평온하게 지내도록 돕는 곳입니다."

"그 사람도 비슷한 말을 하더군요."

아무래도 부부간에 갈등의 골이 깊은 것 같았다. 고타로의 아빠를 '그 사람'이라고 부른다거나 '남편'이라고 표현하지 않는 것만 봐도 서로가 좋은 감정을 품고 있지 않다는 것을 알 수 있었다.

"가망이 없다는 의사의 말만으로 가족의 목숨을 그렇게 쉽게 포기할 수 있는 건가요?"

의사 한 명의 진단이 정답이 아닐 수도 있으므로

다른 병원의 진찰을 받아볼 수도 있다. 하지만 다수의 의사가 있을 다른 병원에서도 같은 결론을 내렸다면, 진단의 결과가 뒤집히는 일은 없다고 봐야 한다. 게다가 '포기한다'라는 표현에 대해서 항의하고 싶었지만 여기서 그 부분을 정정한들 이야기의 흐름이 바뀔 것 같진 않았다.

분명 난방을 했는데도 병실 안은 차가운 공기로 가득했다. 곁에서 다키모토의 시선이 느껴졌다. 신입 간호사가 지켜본 지금의 상황은 스스로 기대했던 이상과 멀게 느껴질 것이다.

환자에게 죽음이 임박했다는 사실은 가족의 마음을 크게 어지럽힌다. 그래서 이런 말과 행동에는 감정적으로 대처하지 말고 끝까지 차분하게 이야기를 이어가야 한다. 그것이 간호사의 소임이다.

"모든 가능성을 열고 찾다 보면 세상엔 아직 우리가 모르는 치료 방법이 있을지도 모르잖아요."

고타로 엄마가 말했다. 나는 그녀의 가방을 쳐다봤다. 가방에서 꺼낸 상자에는 분명 병에 좋다는 말만 듣고 구한, 실제 효과가 증명되지 않은 무언가가 들어 있을 것이다.

"수상쩍다고 생각하시겠네요."

내 시선에 대한 답을 내뱉듯 고타로 엄마가 말했다. 다만 고타로 엄마는 내가 아닌 다키모토를 바라보고 있었다. 아무래도 다키모토의 표정에서 또다시 감정이 드러난 모양이었다. 하루아침에 고쳐지는 게 아니니 어쩔 수 없는 일이다.

"현대 의학만이 옳다는 거, 위험하다는 생각 안 해보셨나요? 여러 가능성을 찾아보는 게 그렇게 나쁜 일인가요?"

"아뇨, 나쁘다고는 생각하지 않습니다."

다키모토 대신 내가 대답했다. 고타로 엄마가 틀렸다고는 할 수 없다. 다만 지켜야 할 규정은 있었다. 이곳에 입원해 있는 한 병원의 규정을 따라야 한다는 게 우리의 입장이다.

"그렇죠? 제가 틀린 게 아니죠?"

고타로의 엄마는 내가 주의를 줄 틈도 없이 계속 말했다. 자기 생각이 부정당하지 않았다는 사실에 안심했던 걸까. 고타로 엄마의 표정이 조금 밝아졌다.

"그런데 그 사람과 고타로는 이해해 주지 않아요. 나 혼자 전문가들의 세미나를 듣고, 병에 좋다는 물건을 사러 전국을 돌아다니는 게 쉬운 일은 아니잖아요."

고타로 엄마는 말하면서 조금씩 흥분했고 슬슬 열기가 오르는 것 같았다. 말투가 거칠지는 않았으나 그럼에도 분노가 전해지는 목소리였다. 그때 나는 새삼 깨달았다. 아, 이 사람은 줄곧 화가 나 있구나.

조금 전 면담실에서 고타로 아빠는 아들의 병 앞에서 지칠 대로 지쳐 있었다. 반면 고타로 엄마는 분노로 가득해 보였다. 그런 감정이 나쁜 건 아니다. 이 사람 안에 있는 애정도, 분노도 잘못된 게 아니다. 그렇지만 감정만으로는 아무것도 해결할 수 없다.

고타로의 아픔을 없앨 수도 없다. 가족 간의 대화도 제대로 나눌 수 없을 것이다.

무엇보다 고타로 엄마는, 자신이 안고 있는 분노와 슬픔을 떨쳐내지 못하고 있었다.

"내가 민간요법을 맹목적으로 믿는다는 게 아니에요. 하지만 아무것도 안 하고 가만히 내 아이가 약해져 가는 모습을 보고만 있을 수는 없잖아요. 이런 게 사랑일까요?"

"그럼요, 그 마음은 충분히 이해합니다."

"사랑하는 가족이 조금이라도 오래 살길 바라는 게 터무니없는 욕심일까요?"

그것은 너무나도 무방비한, 그만큼 절실한 말이기도 했다.

"그렇지 않습니다."

그 마음만은 가족 모두 같을 것이다. 하지만 마음만으로는 부족하다. 같은 마음을 갖고 있어도 방법이 같다고는 할 수 없으니까.

그때 침대에서 고타로가 몸을 살짝 뒤척였다. 말소리에 눈을 뜬 건가 싶었는데 가위에 눌린 모양이었다. 괴로운지 얼굴을 찌푸리고 있었지만 깊이 잠들어 있었다.

나와 다키모토보다 먼저 고타로의 엄마가 물건 옆에서 쏙 떨어졌다. 그리고 침대 옆에 몸을 숙이고 잠들어 있는 아들의 얼굴을 사랑스럽게 쓰다듬었다.

"괜찮아, 엄마가 있으니까. 엄마가 어떻게든 꼭 고

쳐줄게."

그녀가 다정한 손길로 쓰다듬자, 고타로는 후우, 하고 깊은 숨을 뱉었다. 마치 그 손길에서 전해지는 무언가가 고타로의 열을 내리게 한 것처럼.

"고타로는 어렸을 때 수의사가 되고 싶다고 했어요."

어느 정도 차분함을 되찾았는지 고타로의 엄마가 이야기를 시작했다.

"그래서 저는 이 아이에게 항상 엄하게 굴었어요. 꿈을 한번 입 밖에 낸 이상 그 꿈을 이루기 위해서 노력을 아끼지 말라고. 꿈보다 우선순위가 낮은 것들은 잘라내 버릴 각오가 필요하다고요."

그 말의 옳고 그름을 결정하는 건 미래의 일이다. 성공하면 고생했던 과거를 긍정적으로 받아들일 수 있지만, 그렇지 않으면 과거는 후회만 남을 것이다.

"놀러 가는 건 어른이 되어서도 할 수 있고 과자도 게임도 성공하면 얼마든지 살 수 있으니까. 지금은 열심히 노력하라고만 했어요. 하지만 이대로라면 고타로는 어른이 되기 전에 죽고 말겠죠. 그것만은 도

저히 받아들일 수가 없어요."

누구나 막연한 미래를 생각하며 오늘을 산다. 적어도 자신이나 가족에게는 내일도 모레도. 하루하루가 앞으로도 계속될 거라 믿으며 밤이 오면 잠이 든다.

하지만 그렇지 않다면. 나에게. 소중한 사람에게 내일이나 내년이 오지 않는다면.

그런 불안 속에서 사는 일은 본인뿐만 아니라 주변 사람들에게도 고통스러운 일이다.

"그 마음을 고타로에게 있는 그대로 전하는 게 좋지 않을까요?"

그때까지 가만히 있던 다키모토가 돌연 그런 말을 꺼냈다.

"서로 의견이 맞지 않더라도. 가족끼리 함께 얼굴을 맞대고 이야기를 나누는 것만으로도 값진 거 아닐까요?"

다키모토가 말한 방법은 이미 고타로 가족이 지금까지 여러 번 되풀이해 왔을 게 분명했다. 그럼에도 다시 해보라고 권하는 것이다.

포기하지 말고 끈기 있게.

그리 멀지 않은 날에 찾아올 마지막 밤까지.

고타로의 엄마는 반박하지 않았다. 다만 이쪽을 물끄러미 바라볼 뿐이었다. 무표정이었지만, 내면에서 분노와 슬픔이 밤낮없이 맞서 싸우고 있다는 건 알 수 있었다.

나는 이 사람에게 전해야 할 말을 떠올렸다.

"어머니와 고타로에게 어떤 방법이 가장 좋을지 함께 고민할 수 있게 해주세요. 힘이 될 만한 방법이 있을 거예요."

지금 필요한 건, 고타로 엄마에게 우리가 적이 아니라는 것을 이해시키는 일이었다.

"그러기 위해서라도 앞으로 고타로의 음식에 관해서는 사전에 저희와 상담해 주셨으면 합니다."

고타로 엄마는 시선을 발아래로 떨군 채 한동안 조용히 있었다.

"알겠어요."

침묵을 마친 고타로 엄마는 순순히 대답한 뒤 묵례를 하고 병실을 나갔다. 너무나 싱겁게 자리를 떠나서 나와 다키모토는 오히려 어리둥절한 상태였다.

"죄송해요. 제가 쓸데없는 말을 했나 봐요."

"그렇지 않아. 마음을 있는 그대로 전해야 한다는 건 사실이니까."

이제 우리가 해야 할 말은 모두 전했다. 상황은 지켜봐야 알겠지만 분명 괜찮아질 것이다.

고타로에게 닿았던 그녀의 부드러운 손길만 봐도 이제 우리를 이해해 줄 것이라는 확신이 생겼다.

🌙

나는 아르바이트를 가면 로퍼와 자주 만나 이야기를 나눴다.

로퍼는 항상 자동판매기 앞에서 나를 기다렸고 그동안 가족과 어떻게 지냈는지를 들려줬다.

외출 허락을 받아서 동생과 함께 수족관에 갔다거나 최근에 동생의 오셀로 실력이 늘었다는 평범한 일상 이야기였다. 불량 아르바이트생인 나는 로퍼가 수긍할 때까지 종종 대화를 나눴다.

그런 날들이 얼마나 이어졌을까.

로퍼와의 대화도 아르바이트 일부분 같았던 11월 하순.

그날 로퍼의 분위기는 평소와 사뭇 달랐다.

자동판매기 앞에 앉아 있는 건 똑같았지만, 로퍼의 표정은 유독 어두웠다. 다가가기 어려운 분위기에 나도 모르게 발걸음이 멈출 정도였다. 그 모습만 봐도 무슨 일이 있었는지 대강 알 수 있었다.

이곳은 로퍼 동생이 입원해 있는 병원이다. 누구라도 쉽게 짐작할 수 있는 일이었다. 하지만 어떻게 말을 걸어야 할지 몰랐다.

적어도 이렇게 멈춰 선 채로는 아무것도 할 수 없겠지. 마음을 단단히 먹고 한 걸음 다가갔다. 내 기척을 느꼈는지 로퍼는 얼굴을 들고 작게 말했다.

"오늘…… 동생이 죽었어요."

바스러져 사라질 것 같은 여리고 가냘픈 목소리였다. 아무리 시한부 선고를 받았다고 해도, 뚜렷한 전조 증상이 있었다고 해도, 죽음은 역시 갑작스럽다. 사람은 가까운 누군가가 살아 있다는 것에 금방 익숙해진다. 그래서 누군가가 죽게 되면 언제나 당황스럽다.

"그랬구나……."

무슨 말을 어떻게 꺼내야 할지 암담했다. 위로가
될 만한 적절한 말을 생각해 봤지만 죄다 가볍게 느
껴져서 선뜻 입이 떨어지지 않았다.

"내 생각만 하느라 동생한테 자상하게 굴지 못했
어요. 줄곧 그 아이를 지긋지긋하게 여겼죠. 마지막까
지 좋은 언니는 못 됐어요."

이토록 마음 아픈 사람을 보는 게 얼마 만일까. 로
퍼는 입술을 꽉 다물고 눈물 한 방울 흘리지 않는
자신을 책망했다.

나는 이러지도 저러지도 못한 채 머뭇거리며 서 있
었다. 서툰 위로가 오히려 로퍼를 더 신경 쓰이게 할
지도 몰랐다. 그렇다고 아무 말도 하지 않으면 로퍼
의 말을 긍정해 버리는 꼴이 된다.

"아카네."

내가 대답을 찾지 못해 난처해하고 있을 때, 병동
쪽에서 간호사가 나타났다. 로퍼가 얼굴을 들었기
때문에 실제 이름이 '아카네'임을 바로 알 수 있었다.

"가나 선생님."

아무래도 두 사람은 서로 알고 있는 모양이었다.

동생이 입원한 병원에서 근무하는 간호사와 아는 사이라는 건 이상할 게 없지만 둘은 생각보다 꽤 친해 보였다.

하지만 나는 그것보다 그 간호사가 분홍색 시계의 주인이라는 사실에 더 놀랐다. 나도 모르게 몇 걸음 뒤로 물러섰다.

"옆에 앉아도 될까?"

가나 씨가 말을 걸자 로퍼는 조용히 고개를 끄덕였다. 로퍼 옆에 걸터앉은 가나 씨는 아무 말도 하지 않은 채 그저 가만히 있었다. 나는 숨 쉬는 것마저 잊고 그 광경을 바라보았다.

"저는, 그러니까…… 후회돼요. 동생이 이렇게 되기 전에 무언가 더 해줄 수 있지 않았을까, 하는."

이윽고 로퍼가 띄엄띄엄 말하기 시작했다.

"이런 식으로 떠날 거라고는 생각도 못 했어요. 동생을 마지막으로 봤을 때, 오셀로 게임을 했거든요. 근데 제가 한 번도 안 봐주고 이겨버렸어요. 동생한테 칭찬을 하거나 자상하게 대한 적이 없어요. 이렇게 되기까지 한 번도 언니 답게 굴지 못해서……."

로퍼는 거기까지 말하고 입을 다물었다.

"세상에서 가족이 되는 데 가장 중요한 게 뭐라고 생각해?"

가나 씨는 고개 숙인 로퍼를 향해 갑자기 그렇게 물었다.

"답은 '먹을 것'이래. 아기는 먹을 것을 주는 사람을 부모로 여기면서 사랑하고, 부모는 먹을 것을 나눠주는 방식으로 아기를 사랑하고. 거기에 혈연이나 유전자나 종족 같은 건 아무런 상관이 없어."

"다시 말하면" 하고 가나 씨는 이어 말했다.

"다들 무언가를 나누면서 사랑을 알아가는 거야."

거기까지 말한 가나 씨는 주머니에서 알사탕을 꺼내 로퍼에게 건넸다.

"아카네는 병원에 와서 동생과 함께 시간을 보냈 잖아. 같이 밥을 먹고 게임도 하고. 그 밖에도 여러 시간들을 함께했어. 그 정도면 서로 충분히 많은 것을 나눈 게 아닐까?"

가나 씨의 목소리는 주위를 감싸듯 부드러웠다.

"너는 충분히 언니다웠어. 괜찮아."

가나 씨가 이야기를 마무리할 즈음, 로퍼는 이미 울고 있었다.

로퍼는 우는 모습을 드러내지 않으려는 듯 소리를 죽여가며 얼굴을 숙이고 있었다. 그래서 나는 아무것도 못 본 척하며 그 자리를 비켜 주기로 했다.

배달이 좀 늦어져도 괜찮았다. 지금은 두 사람을 방해하고 싶지 않았다.

나는 어둠을 향해 조용히 복도를 지나갔다.

내 존재가 그곳에 녹아 아무도 눈치채지 못할 것처럼.

🌙

"목숨의 가격이 얼마나 된다고 생각해요?"

고타로가 그렇게 물어 온 것은 고타로의 엄마가 병실을 다녀간 며칠 후의 일이었다. 열에 들떠 있는 시간이 길긴 했지만, 약사의 노력 덕분에 고타로는 하루 몇 시간 정도는 편히 지낼 수 있었다.

그럴 때면 고타로는 으레 대답하기 곤란한 질문을 하곤 했다.

"TV를 보면 말이에요, 모금 광고가 나오잖아요. 몇 십 엔, 몇 백 엔이면 다른 나라에 사는 가난한 아이들이 병에 걸리지 않고 지낼 수 있다더라. 영양실조를 막을 수 있다는 광고요. 본 적 있으세요?"

"그럼. 실제로 모금 캠페인 하는 걸 본 적도 있어."

나는 수액을 교체하면서 고타로의 질문에 대답했다. 오늘은 다키모토가 쉬는 날이어서 오랜만에 나 혼자 병실을 돌고 있었다.

"그거 말이에요, 몇 백 엔 정도로 사람 목숨을 사는 것 같다는 생각 안 들어요?"

"음, 글쎄?"

돈으로 의약품이나 식료품을 사는 행위를 '목숨을 산다'라고 표현한다는 건 그다지 적절치 않다고 생각했다. 그렇게 따지면 의식주를 해결하려는 모든 행동이 '목숨을 사는' 것과 같을 테니까.

하지만 모처럼 말을 걸어온 고타로의 입을 막을

수는 없었다. 더군다나 무턱대고 부정한다는 건 당치 않은 일이다. 그래서 일단 고타로가 무슨 말을 하려는 건지 들어보기로 했다.

"모금에는 여러 종류가 있잖아요. 난치병 수술을 위한 모금도 있고요. 나보다 훨씬 어린 애들을 위해서 몇 천 엔 혹은 몇 억 엔이라는 돈이 모여요."

"그게 목숨을 사는 일이라고 생각하니?"

"저한테는 그렇게 보여요. 몇 백 엔으로 구할 수 있는 목숨과 몇 억 엔씩 모이지 않으면 구할 수 없는 목숨. 어느 쪽이든 돈이 있으면 살릴 수 있지만 가격 차이가 크잖아요."

꾸밈없이 이야기하는 고타로가 평소보다 어리게 느껴졌다. 오늘은 몸 상태뿐만 아니라 기분도 좋아 보였다.

"혹시 그 아이가 어른이 돼서 몇 천만 엔, 몇 억 엔이라는 모금액이 자신을 구했다는 걸 알게 된다면, 그게 과연 기쁠까요? 아니면 괴로울까요?"

"많은 사람의 선의로 목숨을 구하게 된 거니까 기쁘게 생각하지 않을까?"

"그렇지만 액수가 크잖아요. 빚진 기분이 들지 않을까요? 나라면 도움은 적게 받아야 부담 없이 신경 안 쓰면서 살 수 있을 것 같은데."

"어느 쪽이든 누군가에게 도움이 되겠다는 동기 부여는 될 것 같아."

"간호사 선생님은 정말 긍정적이네요."

고작 초등학생 남자아이에게 이런 말을 들으니 기가 찼다. 물론 나라고 고타로가 무슨 말을 하고 싶은지 모르는 건 아니었다. 입원비가 걱정돼서 이런 이야기를 한다는 걸 충분히 짐작할 수 있었다.

"나는 갚을 수 없어요. 은혜도, 돈도, 1엔도 못 갚아요."

들리지 않을 만큼 작은 목소리로 고타로는 그렇게 중얼거렸다. 자신에게 쓰는 돈을 무거운 짐으로 느끼고 있었다. 가족이 애정을 돈으로 쏟아부을수록 아무것도 보답하지 못하는 자신이 한심하게 느껴지는 거겠지.

요 며칠 동안은 면회를 오는 고타로 부모님을 자주 볼 수 있었다. 한때 험한 말을 했던 고타로의 엄마는 완전히 다른 사람이 되어 있었고 병실 안 수수께끼 물이 담긴 박스도 그 수가 줄어 있었다. 가족끼리 이야기를 하면서 고타로는 그 물건에 대해 '필요 없다'라고 말했다고 했다. 예전의 고타로 엄마였다면 아랑곳하지 않았을 텐데 이제라도 조심하고 있다는 건 가족 관계에 변화가 생겼다는 증거였다.

고타로의 부모님은 아이에게 다가가려 애쓰고 있었다. 아이는 그 마음이 기뻐서 오히려 당혹스러운 건지도 몰랐다.

나는 침대 옆으로 몸을 숙여 고타로에게 말했다.

"어떤 것의 가치나 가격이라는 건 말이지, 사람이나 상황에 따라서 크게 달라지는 거야."

어떤 말을 해야 고타로의 마음을 편하게 해줄 수 있을까. 잘 모르겠다. 하지만 그저 잡담으로 끝내기에는 아까운 기회다.

간호사는 환자와 환자 가족의 말에 크게 개입하지 말아야 한다는 게 내 지론이지만 그것이 절대적으로 옳다고 믿지는 않는다.

일전에 다키모토가 그랬듯이 때로는 자신의 마음

이나 생각을 숨김없이 전하는 것이 상황을 호전시키기도 한다. 나는 고타로에게 다가가며 내가 해줄 수 있는 모든 말들을 최대한 조심스럽게 꺼냈다.

"아무리 가치가 높은 거라도 그걸 필요로 하지 않는 사람에게는 아무런 쓸모가 없는 거야. 책을 좋아하지 않는 사람한테 명작 소설이나 만화를 공짜로 준다고 하면 그걸 읽겠어? 유명 쉐프가 별 다섯 개짜리 고급 요리를 만들어준다고 해도 배가 부르면 먹고 싶지 않을 거잖아."

보통은 먼저 꺼내지 않는 이야기라 내 예시가 적절했는지 불안했다. 그래도 어쨌든 전해지기를. 그 마음 하나로 나는 이야기를 이어나갔다.

"목숨 가격도 마찬가지야. 살아 있길 바라는 사람이 있으니까 대가를 내서라도 살리고 싶은 거야."

"하지만 그런 큰돈으로 구할 만한 목숨이 아니면요? 모금까지 해서 살린 아이가 구제 불능의 범죄자가 된다거나 사고가 나서 어이없게 죽어버리면요? 돈을 낸 사람은 그래도 상관없을까요?"

"그렇더라도 살아주길 바랄 거야."

"산다는 게 그만한 가치가 있는 일이에요?"

"그건 몰라. 하지만 이렇게 수다도 떨면서 함께 웃거나 울기도 하는 시간은 굉장한 가치가 있지. 나한테도 지금이 그러니까. 고타로와 있는 시간이 엄마나아빠에게는 무엇과도 바꿀 수 없을 만큼 소중할 거야."

내가 흘끗 바라봤을 때 고타로는 주먹을 꼭 쥐고있었다. 무언가를 견디고 있는 것처럼. 혹은 무언가를두려워하는 것처럼. 나는 그 작은 주먹 위에 최대한다정하게 손을 포갰다.

고타로는 '죽고 싶다'라는 말을 자주 했었다. 그마음이 조금이라도 누그러지기를 바라면서 나는 마지막으로 덧붙였다.

"진심으로 나를 살리고 싶어 하는 사람이 있다면,그 마음 하나만으로도 더 살고 싶다는 생각이 들지않을까?"

"그런 이야기는 역시 마음이 무거워져요."

고타로는 떨리는 목소리로 그렇게 말하고 고개를돌려버렸다. 하지만 나는 내 말이 틀림없이 고타로에게 전해졌을 거라고 믿으며 가만히 기다렸다.

"그러니까 나는 꼭 갚을 거예요. 적어도 마지막 밤이 오기 전에. 아빠랑 엄마가 가장 원하는 걸 드릴 거예요."

이윽고 돌아본 고타로의 눈빛에서 강한 결의가 느껴졌다.

"간호사 선생님."

고타로가 나를 부르더니 내 눈을 바라봤다.

"도와……주세요."

내가 뭐라고 대답했는지는 더 말할 것도 없다.

고타로가 세상을 떠난 건 그날로부터 딱 일주일 뒤였다. 고타로는 부모님의 화해를 기다리기라도 한 것처럼 점점 생기를 잃어갔다. 그리고 11월 28일 어둑한 새벽, 부모님이 지켜보는 가운데 눈을 감았다.

고타로의 작은 몸에 엔젤 케어를 하는 동안 둘만 남은 병실에서 나는 마지막 말을 전했다.

"약속 꼭 지킬게. 그러니 아무 걱정하지 마."

그날 나는 고타로와 약속을 하나 했다.

고타로가 부모님께 드릴 선물을 준비하는 일을 돕기로 한 것이다.

나는 그동안 소중히 보관해 둔 선물을 병실로 돌아온 고타로의 부모에게 건넸다. 초췌한 모습의 두 사람은 내가 건넨 선물이 무엇인지 바로 알아차리지는 못한 것 같았다.

"고타로가 제게 맡긴 거예요. 부끄러우니까 자기가 떠나고 나서 전해달라고."

그날 고타로는 편지 두 통을 썼다.

몸이 버티지 못해 글씨를 오래 쓰는 것이 어려웠던 탓에 대부분은 고타로가 불러주는 대로 내가 받아썼지만, 부모님과 자신의 이름은 꼭 직접 쓰겠다고 해서 그 부분만큼은 고타로의 글씨였다.

나는 긴 잠이 든 고타로의 병실에 두 사람만 남기고 복도로 나왔다. 대필한 나로서는 고타로가 어떤 말을 남겼는지 알고 있다. 편지 두 통 모두 대부분 사과하는 내용이었다.

힘들게 해드려서 죄송해요.

폐만 끼쳐서 죄송해요.

건강하지 못해서 죄송해요.

그러나 마지막에는 다른 말이 하나 쓰여 있었다.

'엄마, 아빠 아들로 태어나서 행복했어요.'

두 통 모두 같은 말로 끝을 맺었다. 그것이 고타로의 진심이 담긴 말이었는지 정확히 판단할 수는 없다. 하지만 그 말이 고타로가 부모님께 드릴 수 있는 최선의 선물이라는 것만은 틀림없었다.

이윽고 상조회사 사람들이 와서 고타로를 검은색 리무진에 싣고 병원을 빠져나갔다.

고타로의 부모는 우리에게 몇 번이나 고맙다는 말을 남겼고 머리를 숙여 인사한 뒤 병원을 떠났다. 우리는 리무진이 교차로 모퉁이를 돌 때까지 배웅했다.

🌙

11월 하순 밤, 로퍼는 보이지 않았다.

그날 이후 로퍼를 만난 적은 없었다. 당연하다. 동생이 세상을 떠난 지금, 병문안을 다시 올 일은 없을 테니까. 하지만 자동판매기 옆을 지나갈 때면 나도 모르게 로퍼를 떠올렸다. 내가 무언가 더 할 수 있는 일이 있지 않았을까 하고.

나는 늘 진심으로 로퍼를 대했지만 결과적으로 만족스럽다고는 할 수 없었다. 로퍼가 품은 의문에 충분한 답을 준 건지 불안했고 힘이 되었을 거라는 확신도 없었다.

혼자 고민한들 답이 나올 리가 없으니 나는 다른 사람의 의견을 묻기로 했다.

"훌륭한 설득이었다고 생각해요."

나는 409호실의 독서가 씨에게 일의 자초지종을 먼저 설명했다. 물론 프라이버시를 배려해 '아는 애가 완화의료 병동이 왜 있어야 하는지 물어보더라' 정도로만 얘기하고 로퍼에 대한 구체적인 정보는 언급하지 않았다. 그 의문에 대한 나의 대답이었던 '미래의 자신이 난처해지지 않기 위해서 필요하다'라는, 그다지 만족스럽지 않은 답변에 관해 첨삭을 받아볼 작정이었다.

"사람마다 수긍할 수 있는 말은 다르니까요. 설령 결론은 같다고 해도 상대에게 맞는 방법을 쓰지 않으면 이해 못할 때가 많아요."

독서가 씨는 사이드 테이블에 쌓여 있는 문고본을
만지작거렸다.

"모두에게 절대적으로 통하는 논리는 없으니까. 결
론에 대한 입장이 사람마다 다른 건 당연한 거예요."

예를 들어, 하고 독서가 씨는 가슴에 손을 얹었다.

"나는 병에 걸려서 곧 죽어요."

"……네."

완화의료 환자이니 독서가 씨의 상태는 어렴풋이
알고 있었다. 하지만 본인에게 직접 그런 말을 들으
니 나도 모르게 깜짝 놀라서 주춤하고 말았다.

"받아들여야 하는 사실이고, 결과가 바뀌지도 않
아요. 하지만 쉽게 납득할 수 있는 일도 아니잖아요?
그러니까 사람들 저마다 나름의 이유나 의미를 찾는
거예요."

나는 그게 어떻게 가능한지 묻고 싶었다. 하지만
어쩐지 망설여져 가만히 듣고만 있었다. 그런 나의
속마음을 꿰뚫어 보기라도 한 것처럼 독서가 씨는
부드러운 말투로 말을 이어갔다.

"몸을 제대로 돌보지 않아서 벌을 받았다, 과거의 업보다, 아니면 누군가가 저주했을 것이다, 혹은 그런 운명이었다 등등. 의미라는 건 정말이지 셀 수 없을 정도로 많아요. 그 중에서 스스로 수긍할 만한 답을 찾는 거죠."

"그런 건가요?"

"아마도요. 사람이 사는 의미도, 죽는 의미도, 사실 그런 건 어디에도 없어요. 다만 본인이나 주위 사람이 받아들일 만한 답을 찾아야 하겠죠."

독서가 씨는 나 같은 사람은 이해하기 어려울 정도로 깊은 견해를 갖고 있었다. 어쩌면 나는 로퍼가 스스로 의미를 찾아낼 수 있도록 내 입장을 슬쩍 엿보게 해준 걸까.

"그 아이는 속내를 털어놓을 상대가 있다는 것만으로도 좋았을 거예요."

독서가 씨는 나 또한 그랬을 거라고 말해주고 싶었던 것 같다.

"항상 이렇게 말벗이 되어 줘서 고마워요."

이유야 어쨌든 고맙다는 말을 들었으므로 나는

"저야말로 감사하죠"라고 대답했다. 상담을 부탁한 건 나였고, 감사 인사를 해도 내가 해야 했다. 더구나 몸이 좋지 않은 사람을 이렇게 붙잡고 길게 이야기하는 게 칭찬받을 짓은 아니었다.

"감사합니다."

나는 독서가 씨에게 인사한 뒤 병실을 나왔다. 복도를 걸으면서 스스로 생각해도 신기할 만큼 내가 독서가 씨에게 많이 의지하고 있었다는 걸 깨달았다. 어딘지 모르게 작년에 돌아가신 엄마와 닮았다고 느껴서일까.

얼굴도 체격도 다르고 목소리도 전혀 닮은 데가 없고 나이도 엄마가 독서가 씨보다 더 많다. 그런데도 왜 나는 서로가 닮았다고 느끼는 걸까. 도무지 이해할 수 없었다.

"기만이지."

로퍼와 주고받은 대화에 관해 이야기하자 남작은 코웃음을 쳤다.

독서가 씨와 반응이 달라도 너무 달랐다. 온도 차

가 너무 심해 감기라도 걸릴 것 같았다. 410호실에 입원해 있는 남작은 오늘도 걱정할 필요가 없을 정도로 건강해 보였고, 괴팍했다.

"자네는 언니 편만 들고 병상에 있는 동생은 신경 쓰지 않았어. 그건 불공평하지."

"제 나름대로 신경 썼다고 생각하는데요."

"그렇단 말이지? 그럼 그 아이 동생의 병명은 알아? 증상은?"

"아무리 그래도 거기까지 물어볼 순 없죠."

"그러니까 자네 말만 들은 순진한 언니는 호기심만으로 동생에게 놀자고 다가갔겠지. 자넨 동생 상태가 괜찮은지는 확인조차 안 했겠지."

애초부터 남작이 살가운 말을 건넬 거라고는 기대도 하지 않아서 이런 반응은 충분히 예상했다. 그래도 타인의 의견을 구하려면 상대방이 건네는 거북한 표현도 받아들여야 한다. 쿨한 척 허세 부리는 거나 마찬가지지만.

"언니는 동생의 죽음에 가까이 다가섰다는 생각에 만족했을지 모르지만 같이 있던 동생도 똑같이 좋아했을지는 알 수 없는 거야."

"게임을 함께 했다는데 즐겁지 않았을까요."

"내가 놀아줬다고 상대방도 즐거웠을 거라고 생각하는 건 오만이야."

"그렇다고는 안 했어요."

내가 오기가 생겨 반박하자 남작은 슬쩍 말을 바꿨다.

"물론 자네가 하는 말도 옳아. 사실인지 확인할 길도 없지. 어차피 남의 감정이고 하물며 이미 죽은 사람의 기분 따위야."

왠지 내가 남작의 손바닥 안에서 놀아나는 것만 같았다.

"그런데 말이야, 묘하게도 자네가 언니의 주장을 긍정한 셈이 아닐까? 다시 말하면, 자네는 곧 죽을 동생보다 앞으로 살아갈 언니의 심정을 우선했다는 거지."

순간 거북한 느낌이 들었다. 차가운 손이 심장을 움켜쥐는 듯한 불쾌감과 공포감이 몰려왔다. 그건 분명 내 마음 깊숙한 어딘가에 있을 본심이었다.

그러나 결코 그런 것만은 아니었다.

환자보다 그 가족을 먼저 생각하려고 한 건 아니지만 전혀 그런 마음이 아니었다고 단언할 수도 없었다.

"사정은 알 수 없지만, 다른 사람을 살뜰히 돌본다고 자네 마음속에 남은 후회가 사라지지는 않아."

기분 탓일까. 아무 말도 하지 못하는 내게 남작은 신이라도 난 것처럼 충고했다. 화가 나지는 않았다. 오히려 냉정을 되찾은 것 같아서 고마운 마음이다. 물론 이것도 허세지만.

"실례합니다."

그때, 간호사가 병실 문을 조심스럽게 노크하며 들어왔다. 분홍색 시계의 주인, 분명 로퍼가 가나 씨라고 부르던 간호사다. 그 모습을 본 것만으로도 심박수가 오르고 식은땀이 흘렀다.

어쨌거나 원치 않은 상황에서 안 좋은 모습을 보이고 말았다. 남작의 병실에 너무 오래 머물렀는지도 모르겠다. 나는 남작과 간호사를 향해 가볍게 인사하고 허둥지둥 병실을 나왔다.

그때 스쳐 지나가면서 간호사의 명찰이 문득 눈에 들어왔다. 명찰에는 '다키모토'라고 쓰여 있었다. 아마도 '다키모토 가나'라는 이름일 것이다.

"좀 전에 이야기하는 소리가 살짝 들리던데요."

"아, 잠깐 잡담 좀 하느라."

분홍색 시계의 간호사 다키모토 씨와 남작의 말소리는 병실을 나오자마자 들리지 않았다. 발치의 비상등만 희미하게 비추는 긴 복도는 인기척 하나 없이 조용했다. 나는 남작의 말을 되짚었다.

확실히 나는 로퍼에게 감정을 더 이입했을지도 모른다.

이유는 다르지만 나도 엄마의 병실에 들어가기 싫어서 그곳에 머물며 시간을 때운 적이 있다. 그래서 멋대로 로퍼에게 친근감을 느꼈다는 점은 부정하지 않는다. 하지만 로퍼와 결정적으로 달랐던 건, 나는 끝까지 단 한 번도 병실 안으로 발을 들인 적이 없다. 그리고 1년이 지난 지금까지 그 일을 후회하고 있다.

나는 방금 나온 병실의 닫힌 문을 바라봤다. 예전

에 이 문은 내가 결코 열 수 없었던 문이다.

410호실. 이 병동에서 유일한 유료 병실을 지금은 남작이 사용하고 있었다. 그리고 1년 전에는 내 엄마, 마쓰모토 유키노가 입원해 있던 병실이기도 했다.

🌙

"예명은 '사오토메 요코'였어요. 본명인 '마쓰모토 유키노'는 임팩트가 없다고 소속사 사장이 지어줬죠."

마쓰모토 씨는 그녀가 지금 낼 수 있는 최대한 쾌활한 목소리로 그렇게 말하고는 씽긋 웃었다. 배우였던 마쓰모토 씨가 한창 활동하던 시기에 관해 나는 그다지 잘 알지 못한다. 하지만 신입인 다키모토가 잘 아는 걸 보면 유명한 사람이었다는 건 틀림없는 사실일 것이다.

11월 말.

따사로운 햇살이 들어오는 병실에서 나는 마쓰모

토 씨의 목욕을 준비하고 있었다.

유료 병실이라 샤워실이 있지만 마쓰모토 씨는 몸을 자유롭게 움직일 수 없었다. 스스로 걷는 것도 어렵기 때문에 공용 욕실까지 도움을 받아 이동해서 씻어야 했다. 그 안에서는 누운 상태에서도 욕조에 몸을 담글 수 있었다. 공용 욕실에는 다키모토가 준비 중이었다.

침대에서 몸을 옮기거나 자세를 바꾸는 동안 마쓰모토 씨는 언제나 내게 이야기를 들려줬다. 옛날 자신의 모습이나 가족 이야기가 대부분이었다.

"연예계에서 일한 걸 후회하진 않아요. 남편과 만난 것도 그 덕분이었으니까."

마쓰모토 씨의 남편은 카메라맨이었는데 병실에 놓인 가족사진도 남편이 촬영한 것으로 보였다. 그 이야기는 예전에 들은 적 있었다. 그리고 남편이 10년 전에 교통사고로 세상을 떠났다는 것도.

그래서인지 가족사진은 늘 그대로였다.

병실에 장식되어 있는 10년 전의 사진 속엔 마쓰모토 씨와 초등학생처럼 보이는 아들의 모습만 찍혀 있었고 근래에 찍은 사진은 찾아볼 수 없었다.

"카메라맨이셨다면서요."

"네, 일이 힘들긴 했지만 좋은 추억이 더 많았어요."

마쓰모토 씨는 그렇지만, 하고 덧붙이더니 휠체어에서 뒤돌아 나를 봤다.

"아들인 료한테는 못 할 짓을 했죠. 일이라는 핑계로 아무렇지 않게 몇 개월씩 집을 비웠고, 소풍 갈 때 도시락도 한 번 챙겨준 적 없거든요. 엄마 노릇을 제대로 했던 기억이 없어요."

"그렇지 않을 거예요. 적어도 사진을 보면 아드님이 엄마를 굉장히 좋아한다는 게 느껴지거든요."

"그러면 좋겠지만."

마쓰모토 씨의 표정은 여전히 어두웠다.

환자의 마음은 몸 상태에 영향을 미치기 쉬웠다. 평소에는 크게 신경 쓰이지 않던 일도 몸이 안 좋으면 심각하게 받아들이곤 했다. 평소 걱정하던 일이라면 더 말할 것도 없다.

"면회는 아버지와 어머니가 자주 와요. 료도 주차장까지는 같이 오는 것 같은데, 병실까지 들어오는 일은 없어서. 하긴, 이런 상태에서 만나는 것도 낯부끄러운 일이죠."

마쓰모토 씨는 푸석푸석하고 가늘어진 머리카락을 잡고 웃어 보였다. 자신이 뱉은 나약한 말을 농담으로 얼버무리려고 하는 것처럼.

그때 마쓰모토 씨의 이야기를 듣다가 문득 짚이는 것이 있었다. 예전에 야간 근무를 하다 보게 된 남자아이가 떠올랐다.

다시 한번 마쓰모토 씨의 가족사진을 확인했다. 사진 속 생글생글 웃고 있는 이 소년이 고등학생이 되었다면 전에 봤던 남자아이의 체격과 비슷할 것 같았다. 그때는 혹시 유령이 아닐까 오해했는데 마쓰모토 씨의 이야기를 듣다 보니 짐작 가는 것이 있었다.

"아드님 말이에요. 분명 고등학생이라고 하셨죠? 혹시 목에 커다란 헤드폰을 걸고 다니지 않나요?"

"맞아요. 고등학생이 되자마자 아르바이트를 시작해서 번 돈으로 샀다고 들었어요."

"그게 맞다면 병동 입구에서 본 적이 있어요. 얼마전이긴 하지만."

"그래요?"

"네, 아마 아직 마음의 준비가 되지 않아서 그럴 거예요. 그러니까 조만간 병문안을 올 거예요."

"정말 그렇다면 저도 마음의 준비를 해야겠네요."

후훗, 하며 웃는 마쓰모토 씨의 표정은 바깥 햇살에 지지 않을 만큼 밝았고 미소는 진심이 담긴 것처럼 보였다.

"수고하셨어요."

탈의실에서 옷을 갈아입으며 다키모토가 우울한 얼굴로 인사를 건넸다. 목소리에 전혀 힘이 느껴지지 않았다. 화장으로 다크서클을 감추려 한 것 같았지만 어두운 표정이 드러나는 건 어쩔 수 없었다.

지난 며칠, 다키모토는 줄곧 이런 상태였다. 아직 업무에 지장을 준 일은 없었지만 생기 있어 보이지 않았다. 다키모토가 이렇게 된 이유도 대충 짐작이 갔다. 아직 고타로의 일을 털어내지 못한 것이다. 처음 담당한 환자였으니 그럴 만도 했지만 언제까지 그렇게 있을 수만은 없었다.

"다키모토, 괜찮으면 끝나고 같이 밥 먹으러 가지 않을래?"

다행히 오늘은 제시간에 퇴근할 수 있을 것 같았다. 평소대로라면 로코가 기다리는 집으로 서둘러 갔겠지만 오늘은 다키모토를 혼자 둘 수 없었다. 한 시간 정도는 괜찮겠지.

한편으로는 요즘 젊은 친구들은 상사가 함께 밥을 먹자고 하면 싫어한다고 들은 적이 있어서 다키모토가 거절하면 깨끗이 물러날 생각이었다.

"그럴게요. 고맙습니다."

내 걱정과 달리 다키모토는 단 두 마디로 순순히 응했다.

우리는 선술집인 이자카야에 가서 생맥주와 닭꼬치 구이를 주문했다. 얼마쯤 지나자, 다키모토가 눈물을 흘렸다. 말은 하지 않았지만 고타로를 떠올리고 있다는 걸 짐작할 수 있었다.

내가 첫 환자를 보냈을 때는 어땠더라. 그때는 나도 눈물이 났던 것 같다.

"환자를 떠나보내는 게 힘든 사람은 이 일을 오래할 수 없어. 감정을 너무 깊이 이입하면 그만큼 나도 데미지를 크게 입어서 마음이 버티지 못하거든."

"하지만 감정을 배제하고 환자를 간호하는 게 가능한가요?"

"그야, 사람은 무엇이든 금방 애착을 보이게 되니까. 그래서 팀으로 간호하는 거야."

간호사 혼자 감정을 감당할 수 없기에 간호 일은 팀으로 분담해야 했다. 그렇지 않으면 간호사라는 직업은 성립되지 않았다.

"선배는 완화의료 병동에서 오래 근무하셨죠?"

"뭐, 10년은 넘은 것 같아. 그런데 솔직히 말하면 지금도 적응이 안 돼."

어떤 일이든 완전히 익숙해진다는 건 있을 수 없다. 괴롭거나 힘들거나, 익숙해질 수 없는 일이라도 계속해 나갈 뿐이다. 일이라는 게 다 그렇겠지.

다키모토는 여전히 엉망이 된 얼굴로 울고 있었다. 하지만 괜찮았다. 유니폼을 벗기 전까지는 눈물을 참아내고 있었으니까. 충분히 이해할 수 있었다.

기왕 시작했으니 요령껏 일과 타협할 방법을 찾을 것인가. 아니면 완화의료 병동을 떠날 것인가. 그것은 다키모토 스스로 결정해야 할 일이지 이 이상 내가 참견할 일은 아니었다. 이야기를 듣고 함께 잔을 기울여 주는 게 같은 길을 조금 앞서 걷는 사람으로서 해줄 수 있는 일이었다.

"그래서, 일하는 보람은 찾았어?"

다키모토가 완화의료 병동에 연수 온 지 약 1개월. 벌써 연수 기간의 절반이 끝난 시점이었다.

딱 적당한 때라고 생각해서 나는 부임해 온 당시 말했던 '일의 보람'에 대해 다시 한번 물었다.

"아직 모르겠어요. 그래도 지금은 좀 더 해보고 싶어요."

"그렇구나. 찾게 되면 나한테도 가르쳐줘."

솔직히 보람이라는 모호한 말은 그닥 좋아하지 않는다. 하지만 만약 보람이라는 게 있다면 그게 무엇인지 알고 싶었다. 없어도 상관없지만 있는 편이 좋을 수도 있으니까.

"알겠어요. 그게 언제가 될지 모르고 아예 못 찾을

수도 있지만, 혹시라도 알게 된다면 선배한테 알려줄게요. 약속해요."

살짝 취기가 돌았는지 다키모토는 온갖 방어막을 치는 말을 하면서 겨우 약속했다.

"그보다 선배, 정말 조금 드시네요. 분명 어디가 안 좋은 거라고요."

"그렇지 않대도."

나는 단지 술을 마실 때 안주가 별로 필요 없는 것뿐이다. 소금이나 김 정도면 충분하니까.

"아뇨, 틀림없어요. 병원 꼭 가세요. 건강은 중요하다고요. 제발 오래 살아주세요. 모두모두 오래 살아주세요."

"네네, 알겠어요."

기분 좋게 취한 후배의 등을 쓰다듬으며 나는 건성으로 대답했다.

그러나 그렇게까지 들으면 조금 신경은 쓰이는 법. 그 후로도 다키모토는 내게 종종 '병원에 가라'는 말을 했고 나는 순순히 검사 예약을 잡기로 했다.

매년 건강검진을 받고 있었고 정밀 검사가 필요하다는 항목도 몇몇 있긴 했지만 몇 년 전 정밀 검사 때는 모두 큰 문제가 없다는 진단을 받았다. 그래서 건강검진 결과도 크게 신경 쓰지 않았는데 가끔은 이런 기회도 나쁘지 않은 것 같았다.

나는 남은 연차도 쓸 겸 아예 종합 정밀 건강검진을 받아볼 생각이었다. 물론 근무하는 병원과는 다른 곳에서 말이다. 우리 병원은 규모가 큰 곳이라 걱정되는 건 없었지만, 어쩐지 민망했다.

검진 예약을 하고 며칠 동안 식사 제한을 지킨 후 검사 당일 초음파와 내시경으로 정밀 검사를 마쳤다.

이제 그 결과를 들을 참이었다.

"차분히 들어주세요."

주치의 선생은 상투적인 말로 본론을 시작했다.

사실, '가족과 함께' 오라는 말을 들었지만 나는 독신인 데다 가족과는 멀리 떨어져 살고 있었다. 여기까지 오는 데 운전만 몇 시간씩 걸릴 텐데 굳이 엄마나 남동생을 부르는 게 내키지 않았다.

그래서 나는 혼자 들어야 했다.

내가 위암 4기이고, 앞으로 1년밖에 살 수 없다는 사실을.

제3화

남은 시간을 보내는 방법

'모든 일에는 끝이 있다.'

다 큰 어른이 잘난 척하듯 그런 말을 할 때마다 나는 '당연한 거 아니야?'라며 냉담한 반응을 보였지만, 대학생이 된 지금 되돌아보면 그 말에는 의외로 많은 의미가 숨겨져 있을지도 모른다.

무엇이든 반드시 끝이 있다는 사실을 알면서도 어떤 것들은 막연할 정도로 무한하게 느껴졌다. 그렇게 매일을 살고 있었다.

사람이 평생 걷는 걸음이나 내뱉는 말들, 잠드는 밤도 사실은 모두 유한하다.

그러나 하루하루 살다 보면 왠지 모든 것이 영원할 것만 같은 기분이 들어서 무슨 선택이든 신중히 생각하려 하지 않았다.

어렸을 때는 '내일'이 두려웠다.

다시 깨어나지 못할까 봐. 친구와 두 번 다시 만날 수 없을까 봐. 밤이 되면 무서워서 견딜 수가 없었다.

지금처럼 태연해지기 시작한 게 구체적으로 언제였는지는 기억나지 않는다. 하지만 더는 두려워하지 않게 된 이유는 알고 있다.

익숙해져서다.

아침이 되어도 나는 살아 있었고 친구들과 떠들며 웃고 있었다. 그런 날이 계속되면서 유한한 미래에 대한 불안은 사라지고 어느새 미래는 무한히 계속될 거라는 착각에 빠졌다.

그러나 어디까지나 착각일 뿐. 아르바이트를 하고 있는 지금처럼 여전히 나의 유한한 시간은 조금씩 줄고 있다.

눈에 보이지 않을 만큼 조용히. 그러나 분명하게.

구체적인 숫자로 한번 생각해 보자.

내가 앞으로 60년을 산다고 가정하면. 생일을 축하받을 수 있는 최대 횟수는 60회다. 핼러윈도 크리스마스도 같은 횟수로 맞을 것이다.

60년을 일수로 환산하면 대충 계산해도 2만 2천일.

꼼꼼히 계산하자면 2만 1천9백일에 윤년 15일을 더하는 게 맞지만 계산하기 쉽게 85일을 덤으로 얹자. 이렇게 하면 앞으로 겪게 될 여러 일의 횟수가 길지 않은 수명만큼이나 잘 보이게 된다.

한 달에 한 번씩 월세와 전기요금을 낼 횟수는 약 720번. 일주일에 한 번 잡지나 TV 프로그램을 볼 횟수는 약 3천1백 번. 하루에 한 번 하는 일, 예를 들어 밤에 잠잘 수 있는 횟수는 2만 2천 번.

이 숫자는 보는 사람에 따라 많아 보일 수도 있고 반대로 적게 느껴질 수도 있다. 나는 미래를 막연히 무한하다고 생각했다. 그래서인지 어떤 숫자든 부족하게 느껴졌다.

애초에 내가 80살 가까이 살 수 있을지도 모르겠고 언제까지 건강하게 지낼 수 있는지도 알 수 없다. 어디까지나 짐작일 뿐이다.

시간을 헛되지 않게 효율적으로 활용하고 싶었지만, 생각할수록 갑갑해서 숨이 막힐 것 같았다. 그렇다고 게으르게 지내면 시간이 순식간에 사라지는 것만 같아서 초조했다.

뾰족한 답이 나오지 않았다. 생각은 제자리걸음만 하다가 결국 어떻게 지내든 스스로 만족한다면 그걸로 충분하다는 뻔한 결론에 이르렀다. 나는 내가 생각해도 너무 무사태평이었다.

어떤 상황이든 스스로 납득할 수 있게 시간을 보내는 것. 그런 점에서 독서가 씨에게는 본받을 점이 있었다.

"이것도 재미있었어요."

독서가 씨는 문고본으로 된 책을 탁, 덮으며 미소 지었다.

"미스터리는 별로 읽은 적 없는데 사람들이 왜 빠져드는지 이해되네요. 미스터리 해결이 주는 통쾌함에 중독될 것 같아요. 전개가 처음부터 끝까지 이렇게 가는 책이 있으면 좋을 텐데."

독서가 씨의 병실에는 물건이 조금씩 늘어났다. 대부분 매점에서 배달시킨 것들이었다. 몇 가지는 내가 배달하기도 했다.

뭉뚱그려 책이라고 했지만, 독서가 씨가 읽는 분야는 실로 다양했다. 소설과 만화, 패션잡지에 요리 레시피. 그 밖에 신문도 몇 부 있었다. 컨디션이 좋을 때 읽으려고 산다는 말을 전에 들었다.

"이것저것 하고 싶은 게 있긴 해요. 수예나 콘솔 게임 같은 거요. 지금까지 해본 적이 없으니까. 그런데 장시간 집중해야 하는 것들이라 힘들어서 결국 종이 쪽으로 돌아오게 되더라고요."

"전자책도 읽기 편해 보이던데요."

"모니터 화면보다는 종이가 눈이 아프지 않아서 좋아요. 접거나 구부릴 수도 있고, 베개로 쓰거나 뭐 눌러 놓을 때도 좋거든요."

확실히 독서가 씨의 책은 전부 접혀 있거나 구겨진 부분이 있었다. 다양한 자세로 책을 읽는 독서가 씨의 모습이 상상이 됐다.

의외로 병실에서도 할 수 있는 일이 꽤 있겠다는 생각이 들면서 훗날 내가 입원하게 된다면 참고가 될 것 같았다.

하지만 한편에서는.

"심심해."

오늘도 기분이 언짢은 건지 남작의 입꼬리가 내려가 있었다.

매일을 병실에서 지내도 시간을 유의미하게 보낼 방법을 찾아내는 환자가 있는가 하면 그렇지 않은 사람도 있는 법이다.

"약이 잘 들어서 며칠 동안 밤에 푹 잤어. 어떤 날은 병동 안을 돌아다닐 수 있을 정도로 기운이 난다니까."

"잘된 일 아닌가요?"

"그렇지도 않아. 나는 여기서 죽을 생각으로 신변 정리를 다 하고 왔어. 이제 와 까딱 잘못해서 퇴원하는 일이라도 생기면 곤란하다고. 일도 없지, 돈도 없지, 심지어 나가서 지낼 집도 없다고. 여기서 쫓겨나면 틀림없이 객사하고 말 거야."

지금까지 상태가 나빠져서 힘들어하는 환자는 본 적 있어도 상태가 좋아졌다고 불평하는 사람은 처음이었다. 물론 그런 점이 남작답긴 했지만.

"할 일도 없는데 상태가 좋은 날이 가장 난감해. 물론 밖을 뛰어다닐 수 있을 정도로 건강하진 않지만 그렇다고 침대에서 푹 잘 수 있을 만큼 피곤하거나 고통스러운 것도 아니고. 하고 싶은 거나 할 일이 없는 것만큼 따분한 일은 없을 거야."

"그럼, 책을 읽어보는 건 어때요?"

나는 조금 전 만난 독서가 씨의 모습이 떠올라 남작에게 제안했다.

"책은 읽을 장소도 시간도 고르기 어려워. 장르도 너무 다양하고. 또 이제 와서 그런 현실성 없는 이야기를 읽는다고 무슨 의미가 있을 것 같진 않아."

"병원 논픽션이나 에세이는요?"

"같은 병에 걸린 사람이 죽어가는 기록 따위, 진지하게 읽어봤자 우울해지기밖에 더 하겠어?"

남작은 어떤 제안에도 이렇다 할 반응이 없었다.

이렇게까지 계속 거절당하면 내 쪽에서도 점점 오기가 생기기 마련이다. 나는 어떻게든 이 배배 꼬인 남작의 입에서 '그거 정말 좋은 생각인데?'라는 말이 나오게 하고 싶었다.

"그럼 이 병원에 나돈다는 유령 소문을 조사해 보는 건 어때요?"

병원에 나타난다는 유령 이야기는 예전에 로퍼한테 들은 적 있다. 그다지 무서운 이야기는 아니었지만 소문을 조사하는 일은 책을 읽는 것과는 또 다른 재미가 있을지도 모른다.

"어린애 같은 소릴 다 하는군."

하지만 남작은 지금까지 본 것 중 가장 떨떠름한 웃음을 띠었다.

"유령 같은 게 있을 리 없잖아."

"과학적으로 증명된 게 아니라서요?"

"설정에 모순이 너무 많잖아. 죽은 사람이 다 유령이 된다면 지옥은 유령으로 꽉 차서 다 질식할 거다."

"어, 유령도 숨을 쉬나요?"

"질식은 일종의 비유야. 숨을 쉬는지 안 쉬는지를 떠나서, 유령이 그렇게 많으면 서로 방해만 돼서 앞도 볼 수 없겠다는 뜻이라고."

"왜 그런 거 있잖아요. 삶에 미련이 있느냐에 따라

서 유령이 될 수도 있고 안 될 수도 있다고. 그 밖에도 성불 같은 방식도 있으니까, 유령도 적당한 비율로 유지되는 게 아닐까요?"

"언제 어떻게 죽든 미련이나 후회 없는 인간은 없어. 게다가 유령이 된다고 한들 생전의 미련을 훌훌 털고 가긴 힘들어. 성불인지 뭔지도 어렵고."

애당초, 하고 남작은 당당한 자세로 막힘없이 계속 말했다. 스위치가 제대로 들어온 것처럼.

"병원에 유령이 나타난다는 게 이해 안 돼. 유령이 돼서 자유롭게 다닐 수만 있다면 가장 먼저 병원을 나가고 싶겠지. 죽을 때까지 병원 침대에 누워 있었다면 더더욱. 그게 자연스럽잖아."

"지박령인가 하는 저주도 있대요. 나가고 싶어도 나갈 수 없는."

"나는 그것도 편한 대로 끼워 맞춘 이야기라고 봐."

어쨌거나 남작이 유령을 못마땅하게 생각한다는 건 알 수 있어서 나는 다음 제안으로 넘겼다.

"그럼 아예 직접 써보는 건 어때요?"

나는 생각나는 대로 말했다.

"현실성 없는 이야기가 싫다면 논픽션으로. 그런 기록이나 일기를 써보는 것도 꽤 신선한 체험이 될 것 같아요."

"아니. 그런 것도 사람들에게 사랑받는 인간이 써야 미담이 되는 거야."

이 제안에도 남작은 천천히 고개를 저었다.

"가족이나 연인이 있어야 기록도 의미가 있는 거라고. 읽어주길 바라는 상대를 상정하고 쓰기 때문에 결말도 아름답게 낼 수 있지. 어려운 상황에 있더라도 마지막은 주변에 대한 감사로 끝맺으니까 미담이 되는 거고."

남작은 이야기를 한번 시작하면 쉽게 끝낼 줄을 몰랐다. 그래도 막상 그게 싫은 건 아니었다. 나와 가치관이 다른 사람의 이야기를 듣는 게 재미있을 때도 있었다.

"병으로 죽는 건 안타깝지만 주위 사람들에게 많은 사랑을 받았으니 행복했을 것이고, 지은이처럼 평온한 마지막을 맞이할 수 있다면 죽는 것도 두렵지 않을 거라는 이야기 같은 거. 이런 기만에 찬 감상을 불러일으키지 못하면 안 된다고."

어쩌면 이렇게 한결같이 모든 일을 삐딱하게 보는 걸까. 나는 세상을 바라보는 남작의 시선이 참으로 놀라웠다.

"나는 혈혈단신이라 내 이야기를 남겨줄 사람이 없어. 설사 쓴다고 해도 원망과 후회만 가득해서 아무도 읽고 싶지 않을 거라고."

"그 마음을 그대로 쓰면 안 되는 거예요?"

"그런 글은 아무도 원하지 않아. 병에 걸린 사람은 꿋꿋하면서도 쓸쓸한 성인 같아야 해. 이렇게 좋은 사람이 죽는구나, 하는 스토리가 아니면 감동을 줄 수 없으니까."

남작은 이런 이야기를 할 때 가장 수다스럽고 건강해 보인다. 남작의 이야기를 듣고 있으면 그가 환자라는 사실을 잊어버릴 것만 같다. 마르고 안색도 별로지만 현재 몸 상태가 좋다는 말은 진짜인 것 같았다.

"병든 몸을 원망하면서 속으로는 의사를 욕하고

건강한 인간들을 시기하는 환자라니. 가당치도 않지."

"왜요?"

"그런 사람이 죽는다 한들 아무도 슬퍼하지 않을 거니까. 사람의 죽음은 슬퍼야 해. 감동 없는 투병기 같은 건 기록으로든 이야기로든 가치가 없는 거야."

"그렇지 않아요. 원망과 분노로 도배된 투병기가 있으면 뭐 어때서요. 모두가 다 꺼려도 한 사람 정도는 읽고 싶어 할 수도 있잖아요. 적어도 나는 읽고 싶다고요."

"아무리 그래도 난 쓸 생각 없어."

남작은 결국 문을 쾅, 닫아버리듯이 말하기를 중단했고 나는 하는 수 없이 물러나야 했다.

☾

나에게 휴일이란 다음 출근을 위한 준비 시간이었다. 세탁물 정리와 식료품 사러 가기, 청소도 내일부터 아무 탈 없이 일하기 위한 작업일 뿐 하루를 즐겁게 보내는 오락 시간이 아니었다.

그동안 쌓인 연차는 솔직히 처치가 곤란할 정도로 많았다. 정기적으로 찾아오는 휴일과 달리 일부러 남겨둔 연차였다. 지금까지는 주로 평일에만 가야하는 관공서 업무를 보는 데 써왔기 때문에 특별한 의미를 두고 쓰는 날이 없었다.

시한부 선고를 받고 벌써 여러 날이 지났다. 12월도 어느덧 열흘을 넘겨서 내년이 코앞이었다. 혹시 몰라 다른 병원에서도 진찰을 받았지만 결과는 마찬가지였다.

앞으로 남은 시간 1년.

의사마다 하는 말은 달랐다. 첫 번째 의사는 더 이상 손을 쓸 수 없다고 했다. 4기 정도면 항암제도 방사선 치료도 소용없다고. 두 번째 의사는 치료 방법이 몇 가지 있다며 설명해 주었다. 설령 완치는 불가능하더라도 남은 수명을 연장하는 일은 가능할 거라고. 어차피 어느 쪽이든 앞으로 남은 인생을 다시 살펴야 했다.

나 스스로 놀랐던 건 내가 생각보다 평정심을 잃

지 않았다는 점이었다. 자포자기해도 이상할 것 같지 않지만 지금으로서는 평소와 다르지 않았다. 양은 적지만 식사도 하고 있고 밤에는 잠도 나름대로 잘 잤다. 하지만 충격이 아주 없는 것은 아니었다.

달력을 볼 때마다 기분이 조금 우울했고 유통기한이나 소비기한의 숫자가 쓸데없이 잊히지 않았다. 그래서 실은 그다지 평정심을 유지한다고는 할 수 없었다. 스스로 알아차리지 못할 뿐 머리를 얻어맞은 것 같은 충격이 몸 어딘가에 생겨났을 수도 있다.

나는 지금까지 내가 죽을 거라는 생각을 하면서 지냈던 적이 없었다. 간호사로 일하면서 타인의 죽음을 접하는 일은 많았지만 내게도 이런 일이 생겼다는 사실에 대해서는 어떻게 받아들여야 할지 몰랐다.

가만히 있는 건 질색이었다. 나는 생각나는 모든 것을 했다. 다른 병원에서 진찰받는 것을 시작으로 그 이후에는 오로지 방 청소만 했다. 환풍기 뒷면과 냉장고 안까지 다 닦아버리는 바람에 다음 할 일을 또 생각해야 했다.

"로코!"

내가 부르자 로코는 어슬렁거리며 다가오더니 내 무릎에 턱을 올렸다. 그 복슬복슬한 몸을 쓰다듬으며 나는 생각에 잠겼다.

　로코는 이미 열다섯 살, 완전한 노견이었다. 내가 본가에서 지내던 시절 어느 날 남동생이 갑자기 데리고 온 강아지였다. 로코는 상자에 담겨 버려진 채 키워 줄 사람을 찾지 못하고 있었다.

　'로코'는 엄마가 좋아하는 밴드의 곡에서 따온 이름이었다. 로코는 우리 집 반려견이 되어 '생각하는 대로 살아가라'라는 소망 아래 무럭무럭 자랐다.

　로코는 가족 중에서 어째서인지 나를 가장 잘 따랐고 강아지 때부터 이렇게 쓰다듬어 주는 것을 좋아했다. 옛날에는 양손으로 들어 올릴 수 있을 정도로 작았지만, 지금은 두 팔로 안아야 할 만큼 커졌고 움직임도 둔해졌다.

　로코는 내가 혼자 독립해서 살기 시작했을 때부터 빈 집을 지키게 할 겸 데려왔다. 반려동물을 키울 수 있는 집을 찾는 건 힘들었지만 불안했던 첫 독립 생활에 로코가 내 옆에 있어서 든든했다.

그 작았던 로코도 이제 나이를 먹으니 잠만 잤다. 그 말은 즉, 무지개다리를 건널 때가 가까워졌다는 뜻이다.

각오는 이미 했다. 상상만 해도 슬픔과 쓸쓸함이 한꺼번에 몰려왔다. 마음이 아팠지만 내가 로코에게서 받았던 행복에 대한 예의와 책임은 로코를 잘 돌보는 일이었다. 하지만 지금은 그렇게 생각했던 때와 상황이 달라졌다.

어쩌면 내가 로코보다 먼저 죽을지도 모른다. 그건 로코에게 민폐를 끼치는 일이 된다. 그것만은 어떻게든 피하고 싶었다.

"돌아갈까……?"

로코를 생각해서라도 내가 해야 할 일은 정해져 있었다. 당장 본가로 돌아가야 했다. 얼마 남지 않은 내 삶이 끝나가고 있었다. 우선 가족들에게 그 사실을 전해야 했다.

사람이 죽는다는 건 꾸밈없이 말하자면 귀찮은 일이다. 당사자보다 주변 사람들이 이런저런 뒤처리를 감당해야 해서 상황을 똑바로 바라보는 게 힘들다.

"슬픔에 무너지지 않으려고 일부러 바쁘게 지내는 거야."

긍정적인 엄마가 옛날에 했던 말이다. 그게 진짜인지는 알 수 없다. 하지만 그게 사실일지라도 슬퍼하는 사람을 바쁘게 만들어서라도 일어서게 한다는 건 너무 가혹한 방법 같았다.

먼저 가족들에게 내 병과 앞으로 살 날이 얼마나 남았는지 알릴 것. 로코를 돌봐달라는 부탁도 잊지 말아야 한다.

목줄을 맨 로코를 재촉해 차에 태웠다. 뒷좌석에 올라탄 로코는 동물병원에 데려가는 줄 아는지 다소 경계하는 눈치였다.

"괜찮아. 집으로 돌아가는 거야."

거짓말이 아니라는 게 전해졌는지 로코는 뒷좌석에서 느긋하게 휴식을 취했다. 뒤에 로코가 타고 있어서 평소보다 속도를 낮춰서 본가로 향했다.

바닷가가 있는 본가까지는 차로 약 세 시간. 도중에 몇 번쯤 쉬는 시간을 가지면서 로코와 둘만의 드라이브를 즐겼다. 그러던 중 집에 미리 연락하지 않았다는 사실을 깨닫고 엄마에게 전화를 걸었다.

바쁜 건지 엄마는 전화를 받지 않았다. 고령임에도 활동적인 엄마는 같은 연배의 친구들과 하이킹을 하거나 목욕탕에 가기도 하고 버스 투어에 나서는 등 매일 바쁘게 지냈다.

더 일찍 연락했으면 좋았을걸. 어쩔 수 없이 나는 남동생 쓰요시에게 전화를 걸었다.

나보다 다섯 살 아래인 쓰요시는 엄마와 함께 본가에서 지내고 있었다. 행정복지센터에 취직한 동생은 스포츠와 영화를 좋아했고 취미도 다양했다. 모든 면에서 나와 닮은 구석은 없었다.

"어쩐 일이야? 무슨 일 있어?"

전화를 받은 동생은 첫 마디부터 걱정이 가득해 보였다. 사고라도 난 건지 걱정하는 것 같았다. 내가 먼저 동생에게 연락을 했던 적이 거의 없었기 때문에 예상한 반응이었다.

"일하는데 미안. 휴가가 생겨서 집에 갈까 하고. 엄마한테 전화했는데 안 받네."

"아, 또 어디에 놔두고 잊어버리셨나 봐. 전에는 자전거 앞 바구니에 넣어두고 못 찾으시더라고."

"엄마가 건망증이 그렇게 심했었나?"

"연세에 비해서는 건강한 편이지만 어머니도 칠십이 넘었다고. 깜빡하는 것도 당연하지."

가족과는 1년에 한 번이나 만날까. 이런 생활을 몇 년째 이어온 탓인지 내 생각보다 엄마의 나이가 훨씬 더 들었다는 사실에 놀랐다. 게다가 동생이 엄마를 '어머니'라고 부르는 것도 새삼스러웠다. 어딘지 모르게 무게를 잡는 것처럼 들렸다.

"아무튼 지금 로코랑 같이 가는 중이니까 엄마한테도 그렇게 전해."

"알았어. 그런데 좀 갑작스럽네. 무슨 일 있어?"

동생이 날카롭다고 하기엔 내 행동이 너무 미심쩍었던 것 같다. 하기야 명절에도 잘 오지 않던 누나가 대뜸 평일 낮에 전화를 걸지 않나. 심지어 집에 가고 있는 중이라는 말을 꺼냈으니 위화감을 느끼는 게 당연했다.

차라리 전화로 말하는 편이 얼굴을 마주보고 이야

기하는 것보다 더 편할지도 몰랐다. 암에 걸려 시한부 선고를 받았다고. 그리고 내가 죽은 후에 재산이나 그 밖에 정리해야 할 여러 가지에 대해 미리 의논하고 싶다고. 더불어 로코도 모쪼록 잘 부탁한다고.

알려야 할 건 고작 이런 것들 뿐이다. 어려운 건 없었다.

"아무 일 없어. 그냥 연차를 써야 해서 그래."

그런데…… 목구멍까지 나올 뻔한 말을 겨우 삼켰다. 말해야 할 것도, 해야 할 일도 정해져 있는데 막상 꺼내려니 왠지 자신이 없었다.

조금만 더. 적당한 때를 봐서 이야기하자.

그 정도의 시간은 내 인생에 남아 있을 테니까.

🌙

사람은 자신의 죽음을 어떻게 받아들일 수 있을까. 그게 궁금해서 예전에 찾아보려 한 적이 있었다. 고등학생 때 인터넷으로 검색해 본 게 전부지만 칼럼을 읽거나 죽음을 다룬 동영상만 봤을 뿐 제대로 된 지식을 쌓은 건 아니었다. 더군다나 금방 무서워져서 알아보는 일을 포기해 버렸다.

죽음에 대해 알고 싶었던 이유는 병으로 엄마를 떠나보내야 했던 경험 때문이었다.

1년 전 겨울, 엄마가 세상을 떠났다.

배우였던 엄마는 원래 집을 비우는 일이 많았고 나는 어릴 때부터 대부분의 시간을 할아버지, 할머니와 지냈다. 엄마가 병을 진단받고 난 후에도 상황은 크게 달라지지 않았다. 임종 직전에도 마찬가지였다.

엄마는 일본 전역의 병원을 전전하다 결국 입원했지만, 나는 병문안을 간 적이 거의 없었다. 고등학생이었던 나는 그리 바쁘지 않았음에도 수험생이라는 핑계를 대고 병원에 가는 일을 피했다.

그래서 엄마가 죽음을 어떻게 받아들이면서 떠났는지 알 수 없었다. 엄마가 어색하게 지어 보인 미소만 기억났다. 그래서 배우라는 걸 할 수 있었던 걸까. 그런 생각이 줄곧 들었다.

할아버지와 할머니에게 물으면 당시 상황이 어땠는지 짐작할 수 있었겠지만, 그렇게까지 해서 알아내고 싶진 않았다. 두 분에게도 엄마의 죽음을 일부러 떠올리게 하는 건 가혹한 일일 테니까.

하지만 과거에 벼락치기로 얻은 지식이 있어서인지 완화의료 병동에서 지내는 환자들이 어떻게 자신의 죽음을 마주하고 있는지 조금 궁금해졌다. 이를테면, 요즘 글쓰기 삼매경에 빠진 남작이라든가.

며칠 전만 해도 수기를 쓰는 일에 그토록 부정적이었던 사람이 어느새 펜과 노트를 장만한 것도 모자라 무언가를 쓰고 있는 게 아닌가. 내가 근무하는 날을 피해서 써왔던 것 같은데 대단한 일이었다.

노트를 펼친 남작은 얼마나 집중했는지 내가 온 줄도 모르는 것 같았다. 나는 호기심이 생겨 남작 옆에 슬그머니 서서 노트에 쓴 글을 들여다봤다. 인쇄라도 한 것처럼 단정한 글씨체였다.

언제나 삐딱한 태도에 매사 부정적인 이 사람은 자신의 병을 어떤 자세로 마주하고 있을까. 그 답이 수기에 숨겨져 있을지도 모른다. 노트에 쓰인 문장은 이렇게 시작하고 있었다.

반성문을 쓰는 게 벌처럼 느껴지는 이유는 무엇일까.

그것은 긴 글을 쓰는 행위 자체가 고통이기 때문이다.

경문經文을 필사하는 일이 수행에 포함되는 것도, 독후감 쓰기가 사갈蛇蝎같이 싫은 이유도 같은 맥락이다.

그런 일을 좋아할 수 있다니. 일기나 SNS에 매일 장황한 글을 올려 대는 사람들의 속을 알 수가 없다. 구태여 수기를 남기는 인간도 마찬가지다. 직접 글씨를 써서 기록을 남긴 옛 문호들은 다 마조히스트였을 것이다.

그러나 따분함은 이 모든 고통을 이긴다. 혹은 고통에 버금간다.

할 일 없이 시간을 보내는 것보다는 벌을 받는 편이 낫다.

그 생각이 나를 쓰게 만들었다.

지극히 개인적인 내용이라 다른 사람이 읽게 둘 생각은 없다.

이렇게 일기 비슷한 글을 쓰는 것은 초등학교 숙제 이후 처음이다. 꽤 오래전 일이라 거의 기억나지도 않지만.

오늘도 컨디션이 좋다. 최악이다. 만일 이대로 퇴원하게 되면 살 곳이 없어 길거리를 떠돌아야 한다. 그건 곧

란하다. 사회복지사와 상담하면 무슨 방법이 있을지도 모르지만 상담받는 것조차 성가시다.

빨리 죽고 싶다는 생각까지는 하지 않는다.

하지만 죽고 싶지 않다는 생각도 들지 않는다.

오래 산다고 한들 하고 싶은 것도 없다.

이 순간조차 시간을 주체하지 못할 정도다.

그러므로 지금 가장 불안한 것은, 내가 예정보다 오래 사는 것.

그것이 가장 무섭다.

내가 거기까지 읽었을 때 불현듯 남작과 눈이 마주쳤다.

"그렇게 불쑥 나타나는 건 좀 자제해 주겠나?"

교사 같은 딱딱한 어조로 말하며 남작은 얼굴을 찡그렸다. 더 놀랄 줄 알았는데 표정에는 동요가 아닌 불만의 기색이 역력했다.

'나도 독후감 쓰는 게 싫었어요' 같은 감상을 말할 순 없을 것 같아서 나는 순순히 사과했다. 아니, 그래도 변명은 조금 하고 싶었다.

"집중하고 계신 것 같아서 말을 못 걸었어요. 죄송해요."

"정말이지……. 너 때문에 쓸 마음이 확 사라져 버렸어. 그냥 때려치울 거야."

남작이 노트 페이지를 확 찢었다. 나도 모르게 "아이고, 아까워라"라는 말이 튀어나왔다. 그런 내 말에 아랑곳없이 남작은 찢은 페이지를 손으로 동그랗게 구겼다.

"애당초 쓸 만한 이야기도 없었어. 이제 와서 쓴다고 해도 대단한 기록도 못 돼."

"다른 사람이 쓴 투병기 같은 걸 읽어보면 참고가 되지 않을까요?"

"읽어봤지. 입원하기 전에 도서관에서 몇 권쯤 읽었어."

남작은 이전에 투병기에 대해 부정적인 말만 늘어놓았다. 그런데 사실은 남작이 그런 글들을 꽤 진지하게 읽고 있었다는 게 의외였다. 당시 남작의 표현이 심하긴 했지만 어쩌면 그건 나름대로의 칭찬이었을지도 모른다.

다른 이의 투병기에 감동받고 눈물 흘린 경험이 있어서 자신은 그렇게 쓸 수 없을 거라는 열등감 같은 것을 느낀 거라면? 내 생각이 너무 지나친 걸까.

"그런 책들은 결국 관계에 관한 이야기지. 가족들에게 병에 대해 털어놓았다, 직장 동료가 세심하게 챙겨주더라, 사랑하는 애인에게 힘들게 이별을 고했다는 이야기 같은 거. 나한테는 그런 경험이 없어."

확실한 건 남작을 보기 위해 병문안을 온 사람은 없었다. 예전에 혈혈단신 외돌토리라고 하는 말은 들었지만 이 말본새라면 남작에게는 친구나 연인 비슷한 상대도 없을 것이다.

고독.

남작의 얼굴을 보면 그런 단어가 떠올랐다.

"딱히 병에 관한 이야기가 아니어도 되지 않을까요?"

그래도 어렵게 생각할 일은 아니지 않은가. 쓸 것이 없다면 쓸 수 있는 것을 찾으면 된다.

"어린 시절의 추억이나 해보고 싶었던 일도 좋고, 아니면 자는 동안 꿨던 꿈 이야기라도요. 뭐든 써보면 의외로 재미있을지도 모르잖아요."

남작은 노트에 글을 쓰는 일은 고통스럽다고 적었지만, 세상에는 아주 옛날부터 지금까지 일기와 수기라는 문화가 이어져 왔다. 그렇다는 건 역시 글쓰기에는 어느 정도 즐거움이 있는 게 분명하다. 그 즐거움이 무엇인지는 리포트를 제출할 때마다 고생하는 나 따위가 상상할 수도 없는 일이지만.

"아니, 이번에야말로 관둘 거야. 대단한 미련도 없어."

남작은 노트를 덮더니 펜을 내던졌다.

나의 즉흥적인 제안으로 벌어진 수기 소동은 이렇게 끝이 났다. —라고는 했지만, 남작의 행동은 있는 그대로 받아들이면 안 된다는 걸 지금까지 나눈 짧은 교류만으로도 충분히 알 수 있었다.

남작은 틀림없이 다시 노트를 펼칠 것이다. 그의 표현을 빌리자면 따분함은 모든 고통을 이겨버리거나 고통에 버금가므로. 달리 관심을 끄는 일이 생기지 않는 한 남작은 또 펜을 잡을 것이다. 하지만 정작 본인은 그걸 모르고 있다는 사실은 지적하지 않기로 했다. 오기 부리듯 말하는 건 남작의 고약한 버릇이기도 하고, 독자로서 나는 남작의 수기가 기다려졌기 때문이다.

"따분해."

침대에 누운 남작이 들으라는 듯이 말했다.

"정말 힘드시겠어요."

그리고 나도 모르는 척 남작의 말에 동조했다.

☾

본가로 돌아오고 나서 하룻밤이 지났다.

엄마와 동생은 갑자기 돌아온 나와 로코를 따뜻하게 맞이했다.

두 사람 다 나보다 로코가 돌아온 게 더 반가운 것 같았지만 늘 그랬던 터라 개의치 않았다. 로코도 기분이 좋은지 연신 꼬리를 흔들었다.

여전히 걱정이 많은 엄마는 일은 제대로 하고 있는지, 결혼할 생각은 없는지 내 얼굴을 보자마자 연달아 묻기 시작했다. 옛날에는 성가시기만 했던 그런 질문들도 지금은 어쩐지 낯간지러웠다.

딱 한 가지, 몸조심하라는 말을 들었을 때는 정말 이지 가슴이 철렁했다. 엄마는 그저 입버릇처럼 한 말일 뿐 딱히 내 병을 알고 그런 것은 아닐테다.

그 사실을 깨닫자 안심이 된 반면 동생은 그런 엄마와 달리 말수가 적었고 내게 딱히 할 말이 없어 보였다. 사무적인 말투로 "방은 예전 그대로야", "언제까지 있을 예정이야?"라고만 간단하게 말한 뒤 줄곧 조용히 있었다. 동생답다면 동생다운 반응이었다.

어제 일을 돌이켜 봐도 당장 내가 할 수 있는 일은 없었다. 그래서 난 11시까지 빈둥거리며 늦잠을 자다가 로코와 산책을 나가기로 마음먹었다.

내가 태어나고 자란 마을에서 로코와 함께 걸으며 시간을 보냈다. 풍겨오는 바다 내음과 파도 소리가 괜스레 애잔했다.

보통 산책은 짧게 하는데 오늘 로코는 의욕이 넘쳤다. 강아지 시절처럼 달리지는 않았지만 발걸음이 평소보다 가벼워 보였다. 꼬리도 좌우로 리듬 있게 흔들었다.

어쩌면 로코와 산책하는 것도 오늘이 마지막일지 모른다. 그렇다면 조금 더 오래 산책하는 게 좋을 것 같았다. 이제 남은 건 가족들에게 어떻게 털어놓아야 할 것인가다.

어제부터 오늘까지 병에 관해 이야기할 기회는 몇 번이나 있었다. 하지만 결국 지금까지 아무 말도 하지 못했다. 저녁 식사 자리에서 말하자니 식욕을 떨어뜨릴 것만 같았고, 밤에 말하자니 엄마가 쉽게 잠들 수 없을 것 같았다.

오늘 아침에는 눈뜨자마자 할 이야기는 아닌 것 같다는 생각에 역시 입도 뻥긋 못 하고 엄마와 동생을 배웅하기만 했다.

차라리 이대로 돌아갈까. 이런 말도 안 되는 생각까지 들었다. 그러나 로코를 생각하면 역시 알려야 했다. 간호 일은 척척 잘도 해내면서, 정작 내 문제엔 이렇게까지 주저하고 있다는 게 스스로 의외였다.

바깥의 찬 공기를 들이마셨다. 그러자 가슴에 통증이 조금 느껴졌다. 가끔 이렇게 본가에 와도 오늘처럼 느긋하게 산책하는 일은 없었다. 그래서인지 어린 시절로 돌아간 듯한 기분이 들었다. 나는 어릴 적 다니던 학교 앞을 걸었다.

십수 년이 지났어도 학교는 내가 기억하는 그대로 같은 장소에 있었다. 다만 주변 건물이 완전히 달라져 있어서 마치 비슷한 느낌이 나는 외국에 온 것 같은 기분에 사로잡혔다.

마을을 한 바퀴 돌고 나니 슬슬 점심때가 가까워져 있었다. 로코도 이 정도면 만족했는지 돌아가고 싶어 하는 눈치였다. 여전히 난 식욕이 없었지만 집에 돌아가면 밥이라도 한술 뜰 생각이었다. 그때 휴대전화가 울렸다. 동생에게서 온 전화였다.

"무슨 일이야?"

전화를 받고 어제와는 달리 이번에는 내가 의아하다는 듯 물었다.

"누나, 아직 여기 있는 거지?"

"응. 그래도 내일은 돌아갈까 생각 중이야."

딱히 가는 날을 정하고 온 건 아니었지만 그런 말이 술술 나왔다. 내가 나를 너무 몰아세운 탓인지도 몰랐다.

"그럼 빨리 이야기하는 게 좋겠네. 지금 어디에 있어?"

"옛날에 네가 다니던 유치원 근처."

"알았어. 그럼 그쪽으로 갈 테니까 너구리 공원에서 기다려."

통화는 그렇게 끝났다.

"조금만 더 돌까?"

그렇게 말하자 로코는 크게 싫어하는 기색 없이 따라와 주었다.

너구리 공원은 우리가 어렸을 때 자주 놀던 공원이었다. 규모가 작아서 지금이나 그때나 인기는 별로 없었다.

동생이 '너구리'라고 부르는 이유는 아마도 곰 모양의 놀이기구가 있었기 때문일 것이다. 그 놀이기구는 시간이 흐르며 군데군데 칠이 벗겨지고 바닷바람에 녹슬면서 서서히 너구리 모양으로 보이게 됐다. 하지만 지금은 칠이 더 벗겨지는 바람에 너구리로도 보이지 않았다.

벤치에 걸터앉아 동생을 기다렸다. 어떤 이야기를 해야 할까, 이리저리 머리를 굴려도 마땅히 좋은 생각이 나지 않았다.

나와 동생은 사이가 좋고 나쁘고를 떠나서 서로를 잘 알지 못하는 다른 이유가 있었다.

어릴 적 같은 집에 살았던 때엔 동생이 어느 학교에 다니고 어떤 동아리인지 알고 있었지만 내가 혼자 집을 나와 독립했을 때부터는 연락이 뜸해졌다. 서로에게 뭔가 힘든 일이 있었다면 더 자주 연락했을 수도 있다. 하지만 각자 나름대로 잘 지내고 있었고 엄마도 건강했다.

명절에 꼭 한자리에 모일 정도로 애틋한 가족은 아니었다. 그런 걸 보면 우리는 우애 좋은 남매는 아닐지도 몰랐다. 딱히 서로를 싫어하거나 갈등이 있는 것도, 과거에 감정의 골이 생길 만한 일이 있었던 것도 아니었지만 용건 없이 얼굴 맞대고 세상 돌아가는 이야기를 나눌 만큼 친밀하지는 않았다. 그런 관계인 만큼 내가 기억하는 동생의 정보는 몇 년 동안 그대로였다.

나에게 동생은 지금도 거의 고등학생때나 마찬가지였다. 매일 흙투성이 유니폼을 들고 돌아오는 먹깨비 축구부원.

그랬던 아이가 지금은 서른 살이 넘은 어른이 되었다니. 이상한 기분이었다. 내가 집을 떠난 십수 년 동안 이 집에서만 시간이 2배속으로 지나버린 게 아닐까 하는 의심마저 들었다.

동생이 일부러 시간을 내서까지 나와 이야기하려는 걸 보면 분명 중요하게 할 말이 있는 거겠지. 연로하신 엄마에 관한 일이거나 돈 문제일 수도 있다. 동생이 무슨 이야기를 꺼내든 미리 각오해 둘 필요가 있었다.

"누나! 아, 로코도 같이 있었구나."

슈트 차림으로 공원에 나타난 동생은 역시 내가 기억했던 이미지와 맞지 않았다. 하지만 목소리나 말투는 영락없는 동생이었다.

동생은 로코를 사이에 두고 옆자리에 걸터앉았다. 동생은 킁킁거리며 냄새를 맡는 로코의 머리를 거칠게 쓰다듬었다.

"쓰요시, 무슨 일이야? 근무 시간이잖아."

"점심시간이라 괜찮아. 누나야말로 일 있어서 온 거 아니야?"

"응. 뭐, 그렇지."

"누나, 무슨 일이 생긴 거지? 어머니 앞에서 꺼내기 힘들 만한 이야기 같아서."

눈치가 빠른 아이였다. 옛날에는 그렇지 않았던 것 같은데.

나는 숨을 깊이 내쉬고 하늘을 올려다봤다. 고맙게도 절호의 찬스가 찾아왔다. 이때를 놓치면 앞으로 털어놓을 기회는 분명 없을 것이다.

"실은, 내가 조금 큰 병에 걸렸거든. 아마 그다지 오래 못 버틸 것 같아."

위암 4기라고, 정확히 말하지 않았다. 설명해도 내 몸이 어떤 상태인지 제대로 알 수 없을 것 같았기 때문이다. 아니, 사실은 구체적인 단어를 꺼내고 싶지 않았기 때문인지도 모른다.

병명이니 시한부니 죽음이니 하는 말을 입 밖에 내는 일만은 피하고 싶었다. 그런다고 달라지는 건 없겠지만 나름 소심한 저항이었다.

동생이 침묵하는 동안 나는 하고 싶었던 말을 전했다. 인감이나 통장 등을 두는 장소, 가입한 보험에 관한 내용을 정리해 메일로 보내 두었다는 것과 갑자기 쓰러졌을 때 연락할 주치의에 관한 것도. 일러둬야 할 것들을 미리 생각했기 때문에 명료하고 막힘없이 말할 수 있었다.

"그리고 가능하면 로코도 돌봐줬으면 좋겠어. 나한테 무슨 일이 생겼을 때 로코가 곤란하지 않게."

처음 입을 떼는 것이 힘들지, 막상 이야기하고 나니 필요한 것을 부탁하는 일은 그리 어렵지 않았다. 다만, 하고 싶은 말을 일방적으로 전하는 모양새여서 동생의 반응을 제대로 확인하지 못했다. 제대로 듣고 있는 걸까. 내 부탁에 동생은 고개는 끄덕이긴 했지만 아직 어딘가 멍해 보였다.

"괜찮니? 이야기한 게 많은데, 나중에 보기 좋게 문서로 만들어서 메일로 보낼게. 부탁이 많아서 미안."

"그건 상관없어. 누나야말로 괜찮은 거야?"

"걱정 안 해도 돼. 지금 당장 쓰러지거나 하지는 않

으니까."

"그게 아니라 뭐랄까. 나도 이렇게 혼란스러운데 누나는 어떻게 받아들일 수 있었을까, 하는 생각이 들어서."

"나는 괜찮아."

정말로 괜찮은지는 나도 잘 모르겠다.

하지만 괜찮다고 생각하고 싶었다. 동요하거나 흐트러지지 않는 내가 아직은 괜찮은 거라고. 그렇게 믿고 싶었다.

"그러니까, 로코 좀 부탁할게."

"알았어. 로코는 걱정 마. 오랜만에 같이 지내면 나뿐만 아니라 어머니도 좋아하실 테고."

동생이 로코를 다시 쓰다듬었다. 로코는 줄곧 얌전하게 동생이 하는 대로 가만히 있었다.

"지금 한 이야기, 혹시 벌써 어머니한테 말씀드렸어?"

"아니, 아직 못했어."

"비밀로 하고 싶은 거야?"

"그런 건 아닌데, 어떻게 말해야 할지 모르겠어."

나를 그토록 걱정하는 사람에게, 병에 걸려 먼저 죽는다는 불효막심한 말을 전할 용기가 도저히 나지 않았다.

"하지만 아무 말없이 누나가…… 떠나면, 어머니가 실망하시지 않을까?"

"그것도 모르는 건 아닌데."

내가 만약 엄마라면 먼저 말해주기 바라겠지. 그걸 알기 때문에 마음이 괴로웠다.

"누나."

동생은 옛날과 다름없이 말에 힘을 주지 않았다. 연습이나 시합에서 큰 소리를 내던 운동부원 출신이라고는 생각할 수 없을 만큼 부드러운 말투였다.

"누나는 다른 사람한테 좀 더 기대는 게 어때? 설령 누나 일이라고 해도 뭐든 혼자 떠안아야 하는 건 아니야."

"정말 그래도 될까?"

"물론이지. 누나는 제법 야무져서 대부분은 직접 하는 게 나을 것 같긴 하지만, 계속 혼자서만 할 순 없어. 누군가에게 의지하거나 맡기지 않으면."

그 말에는 하나도 틀린 게 없었다. 인간이 혼자 할 수 있는 일에는 한계가 있고 모든 일에는 끝이 있다. 영원히 계속할 수 있는 일 같은 건 없다. 전부 당연한 일이었다. 그러나 그건 어느 틈에 내가 잊어버린 사실이기도 했다.

"누나 병에 대한 건 상황 봐서 내가 어머니한테 말씀드릴게."

"그래, 고맙다."

"그것 말고 내가 도울 일은 없어?"

"지금은 이걸로 충분해. 부탁할 일은 나중에 더 많아질 거야."

"상관없어. 안 되면 안 된다고 할 테니까 부담 없이 말해."

동생은 더없이 의젓해져 있었다. 어딘가 믿음직하면서도 묘한 서운함이 느껴졌다.

잠시, 침묵의 시간이 흘렀다. 동생은 나에게 위로의 말을 건네지 않았다. 그 마음 씀씀이가 기뻤다. 어쩌면 동생은 내가 곧 죽는다는 사실을 아직 받아들이지 못한 건지도 모른다.

따스한 햇볕이 내리쬐는 공원 벤치에 앉아서 우리는 아무 말없이 하늘을 바라보았다. 흰 구름이 유유히 흘러갔다. 주위에는 칠이 벗겨진 놀이기구들. 왠지 정겨운 느낌이었다.

"그럼, 이제 갈게."

이윽고 동생은 손목시계로 내린 시선을 거두고 일어섰다.

"아, 미안. 황금 같은 점심시간일 텐데."

"진짜 괜찮다니까. 아무튼 무슨 일 있으면 언제든 얘기해."

동생은 갈게, 하고 자리를 벗어났다.

"쓰요시!"

그 순간 내가 동생을 불렀다. 왠지 내 병에 관한 이야기만 하다가 헤어지고 싶지 않았다. 우리가 태어나고 자란 이 마을에서, 내 두 발로 서서 동생과 밝게 대화할 기회는 어쩌면…… 오늘이 마지막일지도 모른다. 그래서 마지막으로는 뭔가 다른 이야기를 하고 싶었다.

"지금도 축구 좋아해?"

짧은 시간에 생각해서 꺼낸 말이 이런 시시한 질문이었다. 하지만 나에게 동생이란 축구와 거의 동의어였다. 축구를 보면 동생 생각이 나고, 동생을 보면 흙투성이 유니폼이 떠올랐다.

덩치 좋은 근육질 성인 남자가 된 눈앞의 모습보다 그 시절 동생의 모습을 더 간절히 찾고 싶었다.

"당연하지. 축구 중계방송도 보고 쉬는 날에는 아마추어 축구도 하고 있어."

동생이 웃으면서 대답했다.

그렇게 말하는 동생의 모습은 어린 시절 그대로였고 그것이 나는 왠지 모르게 기뻤다.

☾

남작의 병실을 방문할 때마다 남작이 쓰는 수기 노트는 얇아져 있었다. 마음에 안 드는 내용을 찢어버린 탓이겠지. 페이지가 드문드문 뜯겨진 노트는 원래 절반 정도의 분량만 남아 있었다. 그래도 아랑곳없이 남작은 글쓰기에 전념하고 있었다.

나는 또 몰래 남작의 노트를 들여다봤다.

　내 부모님은 선한 분들이어서 애정을 듬뿍 주셨다.

　아버지도 어머니도 걱정을 사서 하는 성격일 것이다.

　내가 하는 일에도 부모님이 종종 이러쿵저러쿵 참견하셨던 기억이 난다.

　학교에서 친구는 생겼는지.

　학년이 올라가면 동아리 활동은 안 하는지.

　사회인이 된 후로 사귄 사람은 없는지.

　당시에는 나를 걱정하는 부모님이 귀찮았다.

　연세가 연세인만큼 가치관도 고리타분했다.

　요즘 세상에 결혼은 필수가 아닌 선택이고, 친구도 온라인으로 금방 사귈 수 있다. 직장에서의 인간관계 따위는 종신고용이 존재하던 시절에나 중요한 문제였다. 지금은 혼자서도 얼마든지 행복해질 수 있는 시대다.

　그렇게 생각했었다.

　하지만 지금은 그것도 건강할 때나 부릴 수 있는 허세였다는 생각이 든다.

　아버지가 병으로 돌아가시고, 그리고 몇 년 후에 어머

니마저 돌아가셨다. 두 분 다 암이었다. 혈혈단신의 몸이 되자 외로움이 몰려왔다.

재미없는 결말이다.

혼자서도 행복해질 수 있다고 큰소리쳤지만 뒤돌아보면 줄곧 혼자였던 건 아니다.

부모님이 살아 계셨기 때문에 그렇게 말할 수 있었다는 걸 겨우 깨달았을 때는 나도 말기 암이라는 병마에 좀먹히고 있었다.

설마, 가족 모두가 암으로 죽는 일이 생길 줄이야……. 어이가 없어 웃음도 나지 않는다.

가족 없는 인간은 사회에서 홀대받는다.

독신인 사람에게는 전근도 부담 없이 통보할 수 있고 해외 파견도 따로 신경 쓸 부분이 없다. 회사원이었던 시절에 그런 일을 겪었는데, 병자가 되어서도 같은 경험을 하게 된다. 완화의료 병동에 입원하는 데도 상당히 애를 먹었다.

죽은 사람은 말이 없다.

모든 서비스는 살아 있는 인간을 위해 제공된다.

유족 없는 인간은 이 세상에서 가장 소홀히 대접받는

존재일지도 모른다.

　거기까지 쓰고 남작은 페이지를 넘겼다.

　적절한 타이밍이라고 생각해서 나는 몇 걸음 물러났다. 또 혼나기 전에 다시 인사를 해두자.

　"안녕하세요."

　노트에 얼굴을 파묻고 있던 남작이 천천히 고개를 들었다.

　내 모습을 보는 남작은 어째서인지 묘한 얼굴을 했다. 지금까지는 본 적 없는 무언가 곤혹스러운 듯한 표정이었다. 드라마였다면 "내 얼굴에 뭐 묻었어요?" 하고 물어봤을 장면이지만, 실제로 그런 대사를 하는 사람은 보지 못했다. 그렇지만 남작에게는 그렇게 묻고 싶었다. 나를 마치 외계인이라도 본 양 신기하다는 듯이 바라보고 있었다.

　"뭐, 아무려면 어때."

　남작은 시선을 돌리더니 들릴 듯 말 듯 중얼거렸다. 무슨 말인지 알아듣지 못해서 내가 어리둥절하는 동안 남작의 시선이 재차 내 쪽을 향했다.

"오랜만에 보는군."

남작의 목소리는 평소처럼 차분했고 특별히 이상한 점은 없었다. 조금 전의 묘한 표정은 내 착각이었을까. 남작이 건넨 말을 곰곰이 생각했다. 내가 이곳에 온 건 얼마 만일까. 시간 감각이 애매해서 확실히 알 수 없었지만, 며칠 지나지 않은 것 같았다. 그동안 내가 병실을 방문해도 잠들어 있는 남작을 볼 때가 더 많았기 때문에 남작은 아마 내가 다녀 갔다는 걸 몰랐을 것이다.

하지만 남작에게 반박하고 싶지는 않았다. 그의 말대로 한동안 이곳에 오지 않은 것으로 넘기는 편이 나을 것 같았다.

"아르바이트라는 게 정기적이진 않으니까요."

"속 편해 보여서 부러울 따름이군."

예전 같으면 조금 화가 났을지도 모를 남작의 빈정거림도 이제는 정답게 느껴졌다. 적어도 화를 낼 마음은 들지 않았다.

"수기 쓰는 건 어때요?"

"그럭저럭. 못 쓸 것도 없겠다, 뭐 그런 정도야."

남작의 안색은 전에 만났을 때보다 창백하고 목소리도 작아져 있었다. 약이 잘 듣는 바람에 몸이 좋아졌다는 식으로 불평하던 때와 비교가 안 될 정도로 체력이 떨어진 게 한눈에 봐도 보였다.

"결국은 생각나는 대로 쓰고 있어. 대단한 건 아니지만."

"읽어봐도 돼요?"

"다 쓰고 나면 마음대로 해. 지금은 안 돼."

남작의 시선은 어느새 나를 벗어나 있었다. 어딘가 아무것도 없는 공간을 바라보며 잠꼬대처럼 중얼거렸다.

"그런데 자네 말이야, 낮에는 뭐 했어?"

"학교에 갔죠."

"구체적으로는? 무슨 강의를 듣고, 점심은 뭘 먹었는지 바로 기억해?"

"음, 아니, 바로는 그러니까……."

남작이 내게 개인적인 일을 물어본 건 이번이 처음이었다. 다른 사람의 일은 털끝만큼도 관심 없을 거라 생각했던 터라 깜짝 놀랐다.

"그렇단 말이지."

남작은 후, 숨을 쉬더니 그대로 조용히 눈을 감았다. 남작은 애초에 내 대답이 어떻든 관심이 없어 보였다. 점점 남작의 질문 의도가 뭔지 감이 잡히지 않았다.

원래 이상한 사람이지만 그래서 왠지 더 궁금했다. 남작과 이야기하는 게 꽤 즐거운 일이라는 걸 다시 한번 느꼈다.

그 뒤로도 남작의 병실을 찾았지만 대화를 나눌 수 없는 날들이 늘어갔다. 남작의 병세가 악화되어 컨디션이 무너졌기 때문이다. 아이러니하게도 본인이 예전에 바라던 대로 침대 위에서 옴짝달싹할 수 없는 날들이 이어졌다.

내가 병실에 들어가도 남작은 그 사실을 알아차리지 못했다. 이마에 땀을 흘리며 괴로운 듯 눈을 감고 있었고 호흡도 거칠었다.

이런 상태에서도 침대 옆 테이블에는 노트가 펼쳐져 있었다. 내용을 감출 여유가 없어진 지금도 남작은 조금씩 쓰고 있었던 것 같다. 글씨는 몸부림치듯 엉망이었지만 읽을 수는 있었다.

　어릴 적, 산타클로스를 동경했다.

　착한 아이에게 선물을 준다는, 그야말로 마법 같은 존재.

　진부한 이야기 같지만, 인생은 순환이다.

　아이는 먹는 것도, 잠자는 것도, 몸단장도, 혼자서 제대로 할 수 없다. 그 아이가 어른이 되었다면 반드시 어딘가에는 그 아이를 사랑으로 키워준 사람이 있을 것이다. 부자든 가난한 사람이든 예외 없이.

　그래서 사람은 외롭다는 감정을 알게 된다.

　한 번이라도 외롭지 않았던 시간이 있었기 때문에 그런 감정을 느끼는 것이다.

　그렇게 무언가를 받으며 자란 아이는 어른이 되면 나눠주는 쪽이 된다.

　꼭 산타클로스처럼.

　산타클로스에게 선물을 받은 아이는 자라서 산타클로스가 된다. 직접 자손을 남겨야만 가능한 일이 아니다. 타인이나 사회에 무언가를 나눌 수만 있다면 그것으로 충분하다.

하지만 나는 그러지 못했다.

부모님이나 주위 사람들에게 받는 것을 당연한 권리로 생각했다. 누구와도 나누지 않았다.

그 대가가 지금 내가 느끼는 고독이라면 받아들일 수밖에 없다.

어쩔 수 없는 일이지만 외롭다.

이 외로움만이 과거에 내가 누군가에게 사랑받았음을 증명한다.

페이지에 쓰인 글을 모두 읽었을 즈음, 남작이 게슴츠레 눈을 떴다.

"이걸 다 쓰면 다음에는 유령 이야기를 써볼까 해. 병원을 떠돌아다녀도 무섭지 않은 유령에 대해서."

남작은 인사도 빈정거림도 없이 숨이 뒤섞여 꺼질 듯한 목소리로 속내를 털어놓았다.

나는 되도록 평소처럼 웃으며 농담을 건넸다.

"유령은 없다고 하지 않으셨던가요?"

"모순이 너무 많다고 했을 뿐이야. 그 문제점만 해결되면 유령이 있다고 해도 딱히 상관없지."

"아마 그게 유령의 숫자와 장소 문제였죠?"

"맞아. 그 두 가지만 해결된다면 유령이든 뭐든 토 달 일이 없지."

남작이 전에 이야기한 유령에 대한 불만은 대충 이런 것들이다.

먼저, 죽은 사람이 모두 유령이 되는 거라면 그 수가 어마어마해야 앞뒤가 맞는다. 일말의 미련도 없이 죽는 사람은 없을 테니까. 그리고 유령이 되고 나서까지 병원에 계속 머문다는 점이 이상하다는 것. 죽을 때까지 병원에서 지냈다면 당연히 병원 밖으로 나가고 싶어 할 거라고 남작은 말했다.

아마도 훗날 남작이 그릴 유령 이야기에서는 그런 문제들이 말끔히 해결되어 있을 것이다.

"그 이야기에 등장하는 유령은 자신이 유령이라는 사실을 몰라. 그래서 살아 있을 때와 똑같은 일상을 지내고 있지. 담담하게. 거기에는 웃음도, 감동도, 교훈도 없어. 시시한 이야기지. 그 부분이 가장 마음에 들어.”

남작의 눈은 이미 내가 아닌 먼 세상을 바라보고 있었다. 나는 침대 가까이에 있던 둥근 의자에 걸터 앉아 물었다.

“그래서, 유령은 마지막에 어떻게 되는데요?”

“아무 일도 일어나지 않아. 결국 자신이 유령인 걸 깨닫고 본래 있어야 할 곳으로 돌아갈 뿐이야.”

“그리고 또 어떤 유령이 등장해요?”

“유령은 그 한 사람뿐이야. 죽은 사람이 모두 유령이 되는 건 아니니까.”

“참, 그랬었죠. 그러면 어떤 사람이 유령이 되는 거예요?”

“안 가르쳐줘. 미리 알면 재미없잖아.”

남작은 내 말이 끝나기가 무섭게 말하더니 재빨리 입 모양을 바꿨다. 아마 웃음이 나와서 그럴 것이다.

숨도 가쁘고 이야기하기도 힘들어 보였지만 그럼에도 남작의 말투는 전과 다르지 않았다.

그 삐딱한 말투가 나는 어느새 퍽 좋아졌다.

“그 유령한테는 본인도 모르는 비밀이 한 가지 있

거든. 그리고 그 비밀을 아는 사람은 아직 아무도 없
어."

유령 이야기의 결말은 읽는 즐거움으로 남기겠다
는 심산이다.

"흥미롭네요. 결말이 기대돼요."

남작은 또다시 작게 웃더니 천천히 눈을 깜빡였다.

이제 두 번 다시 눈을 뜨지 않는 게 아닐까 불안해
질 정도로 긴 시간이 지난 후에 남작은 다시 한번 눈
을 떴다.

"조금만 더 쓰면 이 시시한 수기가 마무리될 거야.
자네가 볼 수 있도록 준비할게."

"고마워요. 꼭 읽고 나서 후기 전하러 올게요. 약속
해요."

"약속이라. 실로 오랜만에 들어 보는 말이군."

별 농담을 다 한다는 듯이 남작은 가볍게 코웃음
을 쳤다.

"다 쓰기 전까지는 죽을 수 없지."

남작은 그대로 눈을 감고 천천히 숨소리를 내며
잠들었다. 나는 슬며시 병실을 빠져나왔다.

이것이 내가 남작과 나눈 마지막 대화였고, 남작을 만난 것도 이날이 마지막이었다.

다음에 내가 병실을 방문했을 때, 남작은 이미 떠난 뒤였다. 넓은 유료 병실은 이미 청소가 끝나서 개인 물품들은 모두 치워져 있었다. 남작이 돈을 낭비하며 샀던 회화를 본뜬 포스터도, 장식품도 그리고 노트도 이미 사라지고 없었다.

나는 혼자 텅 빈 병실에서 생각했다. 언젠가 그 노트를 읽을 수 있는 날이 올까, 하고.

🌙

로코는 강아지 때부터 거의 짖지 않는 개였다.

혹시 귀가 안 들리는 건 아닌지 걱정될 정도였으나 병원 진료 결과 이상은 없었다. 수의사 말에 따르면 타고난 성격이라고 했다.

로코는 짖지는 않아도 감정표현이 풍부했다. 간식을 먹고 싶을 때는 주방에서 시위하는 자세를 취하고, 동물병원에 데리고 가려 하면 바위처럼 눌러앉아 꿈쩍도 하지 않았다. 좋아하는 산책을 가자는 말을 들으면 먼저 현관 앞으로 달려가 기다렸다. 영리하고 총명한 녀석이었다.

지금까지 로코가 짖은 적은 한 번뿐이다.

독립해 혼자 살기 시작한 지 얼마 안 되었을 때였다. 고열로 앓아누워 정신이 흐릿했던 내가 걱정되었는지 의식을 확인하듯 로코가 딱 한 번 크게 짖었다. 그 소리에 마음이 무척 놓였던 게 기억났다. "내가 옆에 있어"라고 말해주는 것 같아서 든든했다.

그 소리만은 지금도 줄곧 귓전에 남아서 잊히지 않는다. 그때 이 아이는 틀림없이 중요한 순간마다 크게 짖어서 나에게 알려줄 것이라는 확신이 들었다.

독립 후 로코와 함께 살게 된 후로 우리가 서로 떨어져 지낸 적은 한 번도 없었다. 헤어져 지내는 일은 이것이 처음이자 마지막일 것이다. 입원하게 될 때까지는 본가로 와 로코를 만날 생각이지만 그래도 전처럼 함께 지낼 수 없다는 게 못내 섭섭했다.

돌아가기 전에 로코를 강하게 끌어안았다. 폭신폭

신한 털의 감촉도, 나이에 비해 귀여운 얼굴도, 은근하게 따뜻한 체온도. 죽을 때까지 또렷하게 기억하고 싶었다.

끝까지 함께 하지 못해서

"미안해."

지금까지

"고마웠어."

부디 조금이라도 오래

"건강하게 지내."

말로 다 하면 눈물이 날 것 같아서 하고 싶은 말의 절반은 마음속으로만 외쳤다.

로코는 내가 혼자 차에 올라타는 모습을 집 창문을 통해 조용히 지켜보고 있었다. 따라오려고 하지는 않고 그저 가만히, 동그란 눈망울로 내 쪽을 바라봤다. 로코는 분명 다 알고 있을 것이다. 그렇게 생각하니 마음이 더 아리고 미안했다.

돌아가는 길은 혼자였다. 그 탓인지 차 안은 올 때보다 한결 더 쓸쓸하게 느껴졌다.

그런 예감이 들었다. 이 쓸쓸함을 앞으로 계속 느끼게 될 거라고. 차에서, 늘 산책하던 거리에서, 집 안에서도. 함께 나누던 체온이 반으로 줄어들었으니 당연한 일이다. 온 정신을 집중하고 몇 시간을 운전해 집으로 돌아왔다.

쓸데없이 청결하고 짐이 줄어든 썰렁한 거실에서 나는 대자로 드러누웠다. 청소를 해서 먼지 하나 없어야 할 바닥에 로코의 털이 떨어져 있었다. 로코가 떨어뜨린 것일 수도 있고 내 옷에 붙어 있던 털이 떨어진 걸 수도 있었다.

손끝으로 털을 모으니 자연스레 미소가 지어졌다. 로코는 곁에 없어도 나를 따뜻하게 해주는 존재다.

긴 듯 짧았던 본가에 다녀오는 일을 끝냈다. 죽기 전에 해야 할 일을 또 하나 마친 셈이다. 나의 죽음은 가족들에게도 직장에도 그리고 타인에게 민폐를 끼치는 일이 될 수도 있다. 하지만 한편으로는 다른 사람에게 기대는 것도 필요하다. 동생도 말했듯이 혼자서만 계속 할 수는 없다. 내 역할도 결국 누군가가 대신 맡아야 한다. 나는 다른 사람을 좀 더 신뢰할 필요가 있었다.

이제 나는 가족의 일원에서 물러날 준비를 마쳤다.

그렇다면 다음은—

그런 생각에 빠져 있는데 휴대전화가 울렸다. 발신인이 때마침 떠올랐던 사람이라서 조금 놀랐다.

통화 버튼을 누르자마자 목소리가 들렸다.

"구라타 선배, 휴가 중에 죄송해요. 선배님이 전에 식욕이 없다고 하셨던 게 신경 쓰여서요. 그 후에 병원에 가보셨어요?"

다키모토는 아무래도 내 걱정이 많았던 모양이다.

"별다른 건 없었어. 그래도 좋은 기회라 생각해서 연차도 쓰고 덕분에 푹 쉬었어."

"그럼 됐어요. 모처럼 쉬시는 데 방해했네요."

"괜찮아. 모레면 업무 복귀니까 같이 또 열심히 해보자."

간호사로서 내가 죽기 전에 해야 할 일.

그 한 가지는 바로 다키모토의 신입 연수를 무사히 마치는 일이다.

텅 빈 병실을 보면 그 방의 환자가 떠났다는 걸 알 수 있다. 그러므로 남작은 이제 이 세상에 없다. 본인이 그만큼 말했으니 유령은 되지 않았을 것이다.

"왜 그래요?"

병실에 있는 독서가 씨가 책을 탁, 덮었다.

"얼굴이 어둡네요."

"아는 분이 돌아가셨거든요."

내가 아르바이트를 시작하고 친근하게 대해 준 환자 가운데 병실에 남아 있는 사람은 이제 독서가 씨 뿐이다.

"그분. 예전에는 죽는 게 두렵지 않다고 했었거든요. 하지만 제가 경솔한 제안을 하는 바람에 '그 일을 마치기 전에는 죽을 수 없다'면서 버티셨는데 결국 돌아가셨어요."

"그래서 행복하지 않았을 거라고 생각해요?"

"적어도 슬프지 않았을까요?"

언제 죽든 마찬가지라고 이야기할 만큼 인생에 무

책임한 것이 행복이라고 생각하진 않는다. 하지만 죽고 싶지 않다고 미련을 둘 정도로 삶에 애착을 보이다가 뜻을 이루지 못하고 죽는 것도 행복한 마무리는 아니라고 생각한다.

"당신은……."

독서가 씨가 무슨 말인가 하려고 했을 때 간호사가 노크하며 들어왔다. 분홍색 시계의 간호사, 다키모토 씨다.

"구라타 선배, 아직 안 주무시고 계셨네요."

지금까지 들어 본 적 없을 정도로 친근한 목소리로 다키모토 씨는 독서가 씨에게 말을 걸었다.

선배라고 부르는 것을 보면 이전부터 서로 아는 사이였던 듯하다. 그러고 보니 예전에 독서가 씨는 간호사로 일했다고 말했었다. 이 병원에서 근무했을 거라고는 생각지도 못했지만.

독서가 씨는 뭔가 머쓱하다는 듯 내 쪽을 보며 미소를 지었다.

제4화

그리고 밤은 온다

'누구에게나 처음이 있듯이 모든 전문가도 한때는 초보자였다'라는 말이 있다.

그와 마찬가지로 누구에게나 마지막이 있다.

몸을 단련해 신체가 강한 사람도, 두뇌가 명석한 지적인 사람도, 세상에 이름을 떨친 대천재에게도 반드시 마지막이 찾아온다.

거센 비가 그치고 맑게 갠 하늘이 얼굴을 내밀 듯 좋은 날도 영원할 수는 없다. 모든 생명은 언젠가 끝을 맞이한다. 빠름과 늦음의 차이는 있을지라도 절대적인 사실이다.

"그랬구나."

내가 사직서를 냈을 때 오타케 씨는 걱정하듯 내

눈을 바라보았다.

"지금 상태는?"

"아무렇지도 않아요. 걱정 마세요."

원래부터 자각 증상은 별로 없었다. 현시점에서 일하는 데 지장을 줄 일도 없었다.

설사 치료를 시작한다고 해도 예약 문제가 있어서 지금 당장 입원을 할 수 있는 것도 아니었다.

이런 이유로 나는 12월 말까지 근무를 마치고 퇴직하기로 했다. 때마침 연말이라 일을 마무리 짓기도 편할 것이다.

굳이 떠벌리고 다닐 만한 일은 아니지만 혹여 무슨 일이 생기면 민폐를 끼치게 될 수도 있으므로 수간호사인 오타케 씨한테만큼은 내 상태를 알려야 했다.

"일단 수간호사님만 알고 계셨으면 해요. 걱정 끼치고 싶지 않아서요."

"알았어. 그래도 무리하지 않도록 해. 힘든 일 있으면 언제든 얘기하고."

"네. 고맙습니다."

오타케 씨는 아직 무언가 할 말이 더 남아 있는 것

같았지만 끝내 꺼내지 않았다.

"구라타 선배."

다키모토가 부르는 소리에 뒤를 돌아봤다.

교육 담당을 맡았을 무렵에는 '선배'라고 불리는 게 어색했는데 이제는 완전히 익숙해졌다.

"한동안 쉬셨는데 괜찮으시겠어요?"

"응, 고마워. 전혀 문제없어. 오히려 푹 쉬었더니 힘이 솟을 정도야."

"그렇다면 다행이에요."

연차를 내고 쉴 때도 내 걱정을 하던 다키모토는 내 거짓말에 안도의 표정을 지었다. 역시 새삼 좋은 사람이라는 생각을 했다.

"맞다! 이거 한번 보실래요?"

다키모토는 깜빡했다는 듯 상의 주머니에서 흰색 시계를 꺼냈다.

"지금까지 디지털 손목시계를 사용했는데, 선배 흉내 좀 냈어요. 이쪽이 위생적이기도 하고."

"좋네. 그런데 그거 멈춘 거 아니야?"

다키모토는 숫자판을 가만히 들여다봤다. 아무래

도 초침이 멈춘 듯했다.

"어라? 온라인 쇼핑몰에서 산 지 얼마 안 된 건데."

"내구성은 사용하기 전까지 알 수 없는 거니까."

나는 혹시 몰라 내 시계를 꺼내 벽시계가 가리키는 시간과 비교했다. 오늘도 어김없이 내 시곗바늘은 잘 돌아가고 있었다. 10년 이상 사용하고 있는 이 시계는 뽑기 운이 좋았던 모양이다. 오래 쓰긴 했지만 앞으로도 계속 쓸 수 있을지 장담할 수 없었다.

그런 생각이 문득 들어서 나는 시계를 다시 꺼냈다. 그리고 스트랩을 뗀 뒤 다키모토에게 건넸다.

"오래 쓴 거지만 괜찮으면 이거 써. 튼튼하거든."

"그래도 돼요? 고맙습니다. 그런데 선배는 어떻게 하시려고요?"

"예비용 시계 쓰면 돼. 색깔만 다른 게 있거든."

나는 시계가 고장날 때를 대비해 예비용 시계를 갖고 있었다. 사용하는 건 이번이 처음이지만.

"고맙습니다. 잘 쓸게요."

분홍색 시계를 손에 든 다키모토는 기쁜 듯 웃었다. 이것으로 또 한 가지를 맡길 수 있게 되었다.

창밖을 내려다봤다. 길을 걷는 사람들 모두 두꺼운 코트와 방한용품을 몸에 걸친 채 평소보다 잰걸음으로 걸어갔다.

창밖의 추위가 병실 안으로 파고드는 12월 14일.

이 병원을 그만두기까지 앞으로 약 2주의 시간이 남아 있었다.

🌙

"그 시계, 아직 쓰고 있었구나."

수액을 교체하는 다키모토 씨를 향해 독서가 씨가 말했다. 떨어지는 수액과 손에 든 시계를 몇 번씩 비교하던 다키모토 씨는 시선을 고정한 채 대답했다.

"선배한테 받은 지 곧 1년이 되네요. 지금도 매일 도움받고 있어요."

"도움이 된다니 다행이야."

"선배, 그럼 또 보러 올게요. 그동안 푹 쉬세요."

"응, 수고해."

다키모토 씨가 조용히 병실에서 나갔다.

오후 9시가 넘어 불이 꺼진 병실은 몹시 어두웠다.

"벌써, 1년인가……."

어둠 속에서 독서가 씨가 혼잣말을 했다. 독서가 씨가 병원을 그만둔 만큼의 시간이 지나간 듯했다.

방 한쪽 구석에 있던 나는 독서가 씨가 누운 침대로 가까이 다가갔다.

"간호사로 근무하셨다는 게 이 병원이었군요."

"맞아요. 그래서 실은. 전에 당신을 본 것 같은 느낌이 들었어요."

"제가 여기서 아르바이트하기 전에요?"

"그래요. 딱 한 번."

나는 전혀 눈치채지 못했다.

역시 그런가. 이 병원 완화의료 병동에서 일하던 간호사라면 입구 근처에서 어슬렁거리던 나를 한 번쯤은 보았을 것이다. 엄마를 찾아왔지만 끝내 병동 안까지는 발을 들여놓지 못하던 한심한 모습을.

"마쓰모토 료 군, 맞죠?"

오랜만에 듣는 내 이름이었다. 나는 천천히 고개를 끄덕였다. 내 이름까지 아는 걸 보면 독서가 씨는 엄마를 돌봐준 간호사 중 한 사람일 것이다.

"료 군을 이렇게 만난 건 나에겐 행운이에요."

세상에는 운에 의해 좌지우지되는 일이 차고 넘쳤다. 제비뽑기 결과 같은 건 말할 것도 없지만, 사느냐 죽느냐도 운에 달려 있기는 매한가지였다.

엄마는 매년 빠짐없이 건강검진을 받았지만 결국 병에 걸려 세상을 떠났다. 반면 오랫동안 건강하지 않은 삶을 살았음에도 장수하는 사람도 있었다.

독서가 씨는 나와 만난 것을 행운이라고 표현했지만 이 우연이 나에게 행운인지 불행인지는 아직 판단할 수 없었다.

"그날, 료 군이 어떻게 지냈는지 줄곧 묻고 싶었어요."

그날.

독서가 씨가 말하는 '그날'은 엄마가 돌아가신 날을 가리키는 것 같았다.

나는 끝내 병실로 가지 않았다. 그 이전부터 그랬다. 나는 늘 엄마와 만나는 일을 피했다. 애당초 엄마는 배우로 활동하고 있어서 실제로 보는 것보다 화면 너머로 얼굴을 보는 일이 더 많았다.

아버지가 돌아가신 후 엄마는 혼자서 나를 키우기 위해 생활비를 벌어야 했다. 그래서 그렇게 필사적으로 일만 했을 거라고, 그때도 이해는 하고 있었다.

그렇지만 가끔 한 번씩 엄마를 만나면 어떻게 대해야 할지 몰랐다. 그래도 그때는 대수롭지 않게 여겼다. 엄마가 싫었던 건 아니다. 그냥 어색했을 뿐 그런 감정도 언젠가 시간이 해결해 줄 거라고 믿었다.

그런데 엄마가 병에 걸렸다. 건강한 엄마를 아무렇지 않게 마주하는 것도 힘들었는데, 아픈 엄마라니. 나로서는 더더욱 어려웠다. 어설프게 굴면 오히려 엄마에게 상처를 줄 것 같았다.

그렇게 생각할수록 병실이 더 멀게 느껴졌다. 아니, 이것도 결국은 변명에 불과할지도.

"저는 도망친 거예요."

나는 엄마가 죽는다는 현실을 직시하는 게 무서웠을 뿐이다. 다른 이유는 나중에 적당히 둘러댄 핑계에 지나지 않는다. 건강하고 밝고 항상 웃던 엄마의 모습만 기억하고 싶었다. 병상에서 나약해진 엄마의 모습을 보는 게 두려워서 견딜 수가 없었다.

나는 집에서 웅크린 채 엄마의 마지막 시간이 지나가기를 기다렸다. 그리고 바람대로, 나는 엄마의 죽음을 마주하지 않았다. 관 안에 잠든 엄마의 모습을 보는 것마저 꺼렸다. 결국 한 줌의 재가 될 때까지 기다렸다.

그러나 도망치고 또 도망쳐도 죄책감은 사라지지 않았다. 엄마를 떠올리면 생각나는 거라고는 내가 말대답을 하거나 약속을 어긴 일뿐이었다. 엄마에게 좀 더 다정할 순 없었는지 후회했다.

어째서 더 살갑게 대하지 못했을까. 제멋대로 굴지 말고 더 잘해야 했던 게 아닐까.

이래서는 안 된다고 생각했을 때, 이 병원의 아르바이트 모집 광고를 발견했다.

엄마가 마지막으로 시간을 보낸 곳.

그곳을 일상적으로 다니다 보면 어쩌면 괜찮아질지도 몰랐다. 공포도 죄책감도 사라지고 삶과 죽음에 익숙해질 것 같았다.

하지만 결국 달라진 건 없다. 지금도 이 병원에 있

는 게 괴로웠다. 엄마를 더 떠올리게 되니까.

"료 군은 그날 일에 대해 정확히 알아야 할 것 같아요. 왜냐하면."

거기서 말을 멈춘 독서가 씨는 괴로운지 몇 번인가 얕은 숨을 쉬었다. 표정에서도 답답함이 전해졌다.

"알겠어요. 내일 들을게요. 그러니까, 지금은 일단 좀 쉬세요."

"아니에요. 나한테나 료 군한테도 내일이라는 게 있을지 알 수 없잖아요. 그러니까 끝까지 들어요. 시간이 걸리더라도 꼭 이야기할 테니까."

굳은 결의가 느껴지는 어조로 독서가 씨는 단호하게 말했다. 나로서는 어찌할 방법이 없었다.

그때와 똑같다. 그저 어딘가로 도망치고 싶어서 겁을 먹는 것 말고는 할 수 있는 일이 없다. 그날과 결정적으로 다른 점이 있다면 이제는 도망치는 것조차 불가능하다.

나는 독서가 씨의 이야기를 들어야 할 의무가 있었다.

"전해야 할 말이 있어요."

독서가 씨는 천천히, 그날 일에 관해 이야기하기
시작했다.

🌙

"이제 얼마 안 있으면 크리스마스네요."

고통스러운 숨을 내쉬며 불확실한 발음으로 마쓰
모토 씨가 말을 걸었다.

12월 20일 한낮인 데도 날씨가 궂고 몹시 추웠다.

해는 찾아볼 수 없었다. 난방을 켰는데도 마쓰모
토 씨의 몸은 차가웠다. 내쉬는 숨에서도 온기가 느
껴지지 않았다.

"그러네요. 아드님 크리스마스 선물은 정하셨어
요?"

가을 무렵부터 마쓰모토 씨는 계속 그것을 신경
쓰고 있었다. 하지만 아직 정하지 못했는지 힘없이
고개를 저었다.

"저도 인터넷으로 알아봤는데, 이어폰이나 평소에
쓸 수 있는 물건을 좋아하는 것 같더라고요."

"그 아이, 옛날부터 음악을 좋아했어요. 오래된 곡들만 듣는 것 같긴 해도."

마쓰모토 씨가 숨을 들이쉴 때마다 목 안쪽에서 소리가 났다.

"아마, 안 올 거예요."

나는 그게 아들을 가리키는 말이라는 걸 바로 알아챘다.

"료는 다정하지만, 겁이 많아요. 그리고 나도 이왕이면 예쁜 엄마로 영원히 기억되고 싶고요."

마쓰모토 씨는 아들 이야기를 할 때면 아무리 몸 상태가 좋지 않아도 항상 목소리가 밝았다. 아주 소중한 것을 감상하듯 몸의 한 부분이 간지러운 사람처럼 눈꼬리를 찡그리며 말했다.

"그래도 만약 그 아이가 오게 되면 전해줄래요?"

그 순간 마쓰모토 씨의 목에서 커억, 하는 소리가 났다. 숨쉬는 게 힘들었는지도 모른다.

나는 마쓰모토 씨의 작은 목소리를 놓치지 않으려고 더 가까이 다가가 귀를 기울였다.

"오래 살아주렴, 이라고요."

마쓰모토 씨가 아들에게 전하고 싶은 말은 더 많았을 것이다. 하지만 지금의 마쓰모토 씨가 할 수 있는 말은 그게 전부였다.

"알겠습니다. 꼭 전할 수 있도록 의료진에게도 일러둘게요."

"고마워요."

힘들었는지 마쓰모토 씨의 이마에서 땀이 배어 나왔다. 내가 땀을 닦아주자 재차 고맙다고 말했다.

"말만 할 게 아니라 좀 더 좋은 선물을 줄 수 있으면 좋을 텐데……."

혼잣말처럼 중얼거리던 마쓰모토 씨의 말끝이 점점 흐려졌다. 그리고 그대로 잠이 들어버렸는지 눈을 감고 깊고 큰 호흡을 반복했다. 나는 마쓰모토 씨가 잠에서 깨지 않도록 눈가에 맺힌 눈물을 살며시 닦아주었다.

마쓰모토 씨는 이제 오래 버티지 못한다. 간호사로서 쌓아온 경험이 알려준 직감이었다. 마쓰모토 씨의 시간은 이제 며칠 남지 않았을 것이다.

그건 내게도 마찬가지였다. 앞으로 일주일쯤 지나

면 내 간호사 인생은 막을 내린다. 아마 마쓰모토 씨는 간호사로서 내가 돌보는 마지막 환자일 것이다. 그때 료 군도 이 병실에 와준다면 좋을 텐데. 마쓰모토 씨도 분명 그렇게 되길 바랄 거라고 생각했다.

하지만 그 바람은 이루어지지 않았고 시간이 속절없이 흘렀다. 그리고 마침내 그 순간이 찾아왔다.

아들에게 말을 전해달라는 마쓰모토 씨의 부탁을 받은 지 불과 얼마 후, 의사의 진찰에 따라 나는 마쓰모토 씨의 가족에게 서둘러 병원으로 오라는 연락을 넣었다.

위독한 상황이긴 했지만 마쓰모토 씨의 상태에 큰 변화는 없었다. 땀을 흘리거나 통증을 호소하는 일도 없이 그저 침대에서 잠든 것처럼 보였다. 그러나 빠른 속도로 생명이 사그라지고 있다는 게 느껴졌다. 가족들이 제때 도착하지 못할 수도 있었다.

침대 옆에는 나와 주치의인 다카하시 선생, 그리고 다키모토, 이렇게 세 명이 자리를 지키고 있었다.

"괜찮아요."

다키모토가 상냥하게 말을 건네며 마쓰모토 씨의

손을 잡고 기도하듯 눈을 감았다.

"우리가 여기 있어요. 가족분들도 곧 올 거예요. 그러니까. 괜찮아요. 걱정하지 마세요."

마쓰모토 씨가 깊은 숨을 내쉬자, 목에선 가래 끓는 듯한 소리가 났다. 숨을 쉬기는 했으나 횟수가 조금씩 줄어들고 있었다.

들이마시고. 뱉고.

호흡이 이어질수록 마쓰모토 씨 안에 있던 생명 같은 것들이 함께 밖으로 빠져나오는 것 같았다. 그러기를 몇 분 후.

병원에 도착한 마쓰모토 씨의 부모님 앞에서, 다카하시 선생은 사망 선고를 내렸다.

☾

"그게 내 마지막 간호였어요."

중간중간 짧은 휴식을 취해가면서 독서가 씨는 이야기를 끝마쳤다.

"마쓰모토 씨의 말을 전하지 못한 것이 줄곧 마음

에 걸렸어요."

나는 엄마가 돌아가실 때에도 달려가지 못했다. 그
후로도 아르바이트를 시작하기 전까지 병원 근처에
도 가지 않았다. 그래서 엄마의 마지막 말을 전해 들
을 기회가 없었다. 지금까지는.

"이제라도 그 말을 전할 수 있어 정말 다행이에요."

오래 살아주렴.

그 짧은 한마디는 확실히 엄마다웠다. 악의도 깊
은 의미도 담겨 있지 않았다. 그저 말 그대로였다. 엄
마는 틀림없이 내 안에 있는 머뭇거림이나 죄책감까
지도 모두 간파했을 것이다. 그래서 마지막으로 내
무거운 짐을 덜어줄 수 있을 법한 말을 남겼다.

내가 살아 있는 것을 떳떳하게 여기지 못할 거라
는 걸 엄마는 분명 알고 있었겠지.

그러고 보면 엄마는 늘 그런 사람이었다. 나의 나
약함을 탓하지 않고 언제나 자상하게 지켜봐 주었
다. 잊어버린 게 아니었다. 생각하지 않으려고 했다.
그러나 지금은 자연스럽게 엄마와 웃으며 지냈던 시
간이 떠올랐다. 차오르는 눈물을 애써 참으며 나는

독서가 씨에게 머리를 숙였다.

"감사했습니다."

이런 말을 할 자격이 없을지도 모르지만, 엄마가 먼 여행길을 홀로 외롭게 떠나지 않았다는 것을 알아서 마음이 놓였다. 그것만으로도 온몸에 힘이 빠져나가는 것 같았다.

"나는 아마도 그걸 확인하고 싶어서 온 것 같아요."

이 일을 계기로 나는 이제 앞으로 나아갈 수 있다. 그런 확신이 들었다.

다음 날 낮. 나는 아직 독서가 씨의 병실에 머물러 있었다.

나의 감각을 믿을 수 없었다. 독서가 씨는 잠들어 있었다. 잠든 시간이 확연히 길어진 게 내 눈에도 보였다. 그리고 그게 무엇을 뜻하는지도.

복도로 나와 간호실로 향했다. 간호사와 마주칠 때마다 묵례를 했지만 인사는 돌아오지 않았다. 예전에는 위화감을 느꼈지만 이제는 이상하게 생각하지 않았다.

"개를 병실에 데려올 수 있나요?"

간호실에서 콘퍼런스가 진행 중인지 간호사와 의사가 한데 모여 이야기를 나누고 있었다. 그중 조금 전 이야기를 꺼낸 건 다키모토 씨였다.

"사정에 따라 다르기는 한데, 갑자기 개는 왜?"

흰 가운을 입은 안경 쓴 남성이 물었다. 아마 의사일 것이다. 가슴의 명찰에는 '다카하시'라고 쓰여 있었다.

"선배, 아니…… 409호실의 구라타 씨가 예전에 반려견과 살았다고 들었거든요. 틀림없이 만나고 싶어 할 것 같아서요."

"병원에 데려오는 건 어려울지도 모르겠네."

난처한 표정으로 말하는 사람은 간호사 중에서도 풍채가 있는 여성이다. 명찰에는 '오타케'라고 쓰여 있었다.

"구라타 씨가 기르던 반려견의 품종은 알고 있어?"

"아뇨, 이야기로만 들어서."

"골든리트리버, 대형견이야."

병원은 기본적으로 면역력이 약한 사람이 모여 있는 장소라서 동물을 데려올 수 없었다. 하지만 완화의료 병동에서는 반려동물과의 면회 자체는 금지하지 않는다. 엄마가 입원해 있을 때 팸플릿에서 읽은 내용이었다.

모두 1인실로 된 병동이기 때문에 다른 환자에게 미치는 영향을 최소화할 수 있고, 가족이나 다름없는 반려동물과 보내는 시간은 환자의 몸과 마음에 두루 좋은 영향을 줄 수 있었다. 다만, '케이지에 들어갈 만한 크기의 동물에 한한다'라는 설명이 쓰여 있었다. 출입하는 데는 크기 제한이 있을지도 모른다.

"정 안 되면 주차장에서라도 만날 수 없을까요?"

"음……."

다키모토 씨의 제안에 의사인 다카하시 선생은 볼펜을 이마에 대며 곤란한 듯 앓는 소리를 냈다.

"지금 상태에서 병실을 나와 움직이기는 힘들 것 같네요."

역시 독서가 씨의 상태가 좋지 않은 모양이었다.

"그럼, 영상통화 같은 건 어떨까요? 냄새 같은 건

전해지지 않겠지만 그래도 좋아할 것 같은데."

"그 정도는 괜찮지 않을까요? 가족분들께 말씀드려 보세요."

콘퍼런스가 계속됐다. 나는 간호실을 벗어나 독서가 씨의 병실로 되돌아갔다.

느긋하게 복도를 걷는 나를 수상히 여기는 사람은 아무도 없었다. 그래서 쓸데없는 생각이 났다. 어렸을 때 지구가 멸망하면 마지막 날에는 무엇을 할지 생각한 적 있다. 마음껏 놀거나 맛있는 음식을 먹고, 뭐 이런 뻔한 것들을 떠올렸다. 그런 진부한 것들을 생각할 수 있었던 이유는 적어도 그날이 오늘은 아니라는 전제가 있기 때문이었다.

죽음은 극적이고 강렬하며 뭔가 특별한 것처럼 느껴져서 당시에는 죽음이 나와 거리가 먼 일이라고 생각했다. 하지만 사실은 조용히 눈에 띄지 않게, 눈치채지 못할 만큼 자연스럽게 다가오는 게 아닐까. 지금은 그런 생각이 들었다.

"어서 와요."

병실로 돌아오자, 독서가 씨가 말을 걸었다. 가까

스로 잠에서 깨어난 모양이었다.

"왜 그래요?"

내가 어지간히 이상한 얼굴을 하고 있었던 걸까. 독서가 씨에게 걱정을 끼치고 말았다. 더는 폐를 끼치고 싶지 않았는데 이렇게 되면 부끄러움이고 뭐고 없었다.

"이것저것 좀 이상해서요."

답은 이미 나와 있었다. 하지만 그 답이 맞는지 확인하기 위해서라도 누군가에게 물어보고 싶었다.

"나는 여기에 뭘 하러 온 걸까요?"

"아르바이트라고 했잖아요. 매점에서 배달 일을 한다고."

"하지만 한동안 물건을 배달한 기억이 없어요."

"그러네. 배달은 항상 하마다 씨가 오니까. 료 군이 마지막으로 물건을 가져온 게 2개월 전…… 그러니까, 10월 중순쯤 아닌가."

그게 일단 이상했다. 배달을 온 것도 아닌데 나는 어째서 이곳에 있는 걸까. 되돌아보면 위화감이 든 적이 몇 번이나 있었다. 그리고 보니 남작도 나를 미심

쩍어했다. 낮에 무얼 했는지 묻는다거나 마치 나를 환상이라도 보는 것처럼 행동했다.

그보다 전에는 병원 휴게실에서 로퍼와 이야기 나눈 일도 있었다. 그때나 지금이나 간호사인 다키모토 씨는 내 존재를 한 번도 알아차리지 못하는 것 같았다. 내가 병실을 방문하면서 간호실을 향해 인사를 해도 간단한 묵례조차 돌아오지 않았다. 바빠서 나를 무시한 게 아니라 애당초 내가 보이지도, 내 말이 들리지도 않았다면 수긍되는 일이었다.

나는 안간힘을 다해 생각했다.

그 끝에 겨우 기억해낸 건, 오토바이를 타고 달렸던 그날 밤의 일.

그날 나는 사고를 당했고, 그리고—

"죽어서 유령이 되었다?"

생각을 미리 읽은 것처럼 독서가 씨가 말했다.

"너무 멀리 나간 것 같은데"

"하지만 그래야만 여러 가지가 다 설명돼요."

"나는 유령이 있다고 믿어요. 하지만 그건 료 군 같은 존재가 아니에요."

묘하게 확신에 찬 말이었다.

"그럼 저는 뭘까요?"

"아마도, 내 말동무? 그래서 여기 있는 걸 거예요."

후, 하고 독서가 씨가 한숨을 내쉬었다. 어쩌면 설득력 있는 말처럼 들렸다. 만일 내가 유령이라면, 죽어서 유령이 될 정도로 강한 의지가 있었을까? 대답은 '아니다'다. 삶에 집착이 있는 것도, 꼭 살아야 할 소임이 있는 것도 아니었다.

이곳에 있는 게 우연인지, 아니면 숙명인지는 알 수 없었다. 아무리 생각해도 답이 나오지 않는다면 상황이 바뀔 때까지 침착해야 했다.

창가에 몸을 기댔다. 창밖으로 주차장이 보이고 하늘에서는 눈이 날리고 있었다.

"그러면, 말동무로서 한 가지 물어봐도 될까요?"

"뭔데요?"

"왜 이 병원에 입원하신 거예요? 가족이나 본가 근처에 있는 병원으로 가는 편이 나았을 것 같은데요."

"음……. 나는 가족이나 친구들한테 약한 모습을 보여주기 싫었어요. 그래도 혼자는 외로웠을 테니까."

"그래서 근무하던 직장에?"

"맞아요. 아는 사람한테 간호를 받는 게 부끄럽기도 하고 불편할 수도 있다는 건 알고 있었어요. 그래도 이곳으로 돌아오고 싶더라고요. 여기 있으면 건강하게 일했던 그 시절로 돌아갈 수 있을 것 같아서."

"애정이 깊은 직장이었군요."

"워낙 오래 일해서 그렇게 느끼는 걸지도 몰라요."

사람의 마음이란 복잡하고 다양해서 답이 명확하게 내려지지 않을 때가 있다. 그런데도 독서가 씨는 내가 이해하기 쉽게 알려주었다.

"저기, 이번에는 내 얘기 좀 들어줄래요?"

"물론이죠."

"나 사실은…… 무서워요."

지금까지는 들어볼 수 없었던 가냘프고 여린 목소리였다. 눈 내리는 음음한 하늘 때문이었을까 아니면 몸 상태가 좋지 않아서일까.

독서가 씨의 모습은 예전과 달라져 있었다.

"사고나 재해에 비하면 죽음에 유예 기간이 있다는 건 축복이에요. 더 심한 병으로 죽는 사람도 많이 봐

왔고요. 그에 비하면 나는 아직 괜찮은 편이에요. 여기서 더 바라는 건 사치죠. 알고 있어요."

독서가 씨가 목소리를 낼 때마다 목에서 커억, 하는 소리가 섞여 나왔다. 그 모습이 고통스러워 보였지만 독서가 씨는 의식이 있는 동안 이야기를 멈추지 않았다. 마치 침묵을 두려워하는 것처럼.

"알고 있는데도 계속 무섭고 불안해요. 아직은 죽고 싶지 않아서."

마른 입술이 희미하게 떨렸다.

"죽는 게 무서워요."

독서가 씨가 중얼거리듯 짧고 분명하게 말했다. 이렇게 나약한 속내를 드러낸 독서가 씨의 모습은 처음이라 나는 흠칫 놀랐다.

독서가 씨는 그대로 잠이 들어버렸는지 방 안에는 희미한 숨소리만 들려왔다.

그날 밤.

나는 복도로 나와 간호실로 향했다. 때마침 다키모토 씨가 병원 전화로 통화를 끝낸 참인 듯했다.

"선배가 키우던 반려견, 오늘 새벽에 죽었다고 하네요……"

"그래……?"

얼굴이 창백해진 다키모토 씨와는 대조적으로 '오타케'라는 명찰을 단 간호사는 침착했다. 어쩌면 예상했는지도 모른다.

"전에 이미 나이를 꽤 먹었다고 들어서 어쩌면 그럴 수도 있겠다는 생각은 했는데."

"동생분이 선배한테는 전하지 말아 달라고 부탁하셨어요."

"그렇겠네. 그게 나을 것 같다."

독서가 씨에게 충격을 주지 않기 위해서 내린 결정일 것이다.

"동생분이 이쪽으로 오시겠대요. 거리가 멀어서 몇 시간은 걸릴 것 같아요."

"알았어. 그럼 부탁할게."

"네."

대화를 나누는 두 사람의 표정은 한결같이 딱딱하고 어두웠다. 어떻게든 속마음을 드러내지 않으려고 애쓰고 있다는 게 느껴졌다. 그럼에도 배어 나오는 감정이 눈에 보이는 것 같았다.

나는 병실로 돌아가 한동안 독서가 씨의 곁에 머물렀다. 의사도 간호사도 아닌 나로서는 독서가 씨의 상태가 어떤지 자세히 알 수 없었다. 하지만 위독하다는 건 알 수 있었다.

이제 곧 긴 밤이 찾아올 것이다.

어둠이 독서가 씨를 집어삼키기 전에 내가 할 수 있는 일이 있지 않을까? 그때, 조용히 문이 열리더니 다키모토 씨가 들어왔다. 그녀는 독서가 씨가 잠든 모습을 살핀 후 조용히 수액을 교체하기 시작했다.

"다키모토."

그녀의 등에 대고 독서가 씨가 말을 걸었다.

"죄송해요. 제가 깨웠네요."

"아니, 괜찮아. 그것보다 전에 나랑 했던 이야기 기억해? 우리 약속 말이야."

"기억하고말고요. 제가 일하는 보람을 찾게 되면 알려주기로 했잖아요."

"답은 찾았어?"

"조금은요."

다키모토 씨는 부드럽게 미소 지으며 독서가 씨의 머리맡에서 몸을 숙였다.

"저는요, 선배님이 그만두고 나서부터 1년 동안 많은 일을 겪었어요. 고맙다고 감사 인사를 받기도 하고, 사람들에게 힘이 되어 주지 못해서 안타까웠던 적도 있어요. 간호라는 게 상냥하고 부드럽게만 한다고 되는 일이 아니더라고요."

다키모토 씨는 천천히 알아듣기 편한 목소리로 말을 이어나갔다. 독서가 씨는 느릿하게 눈을 깜빡여가며 그녀의 말을 귀담아듣는 것 같았다.

"병이 진행되면서 완전히 다른 사람처럼 변하는 환자도 있었어요. 화를 내고 난동을 부리고⋯⋯. 내가 대체 누굴 위해 일하는 건지 모르겠더라고요. 할 수 있는 일은 다 하겠지만 그런다고 이런 일들이 완전히 제로가 되진 않을 거예요."

맞는 말이었다. 의료진이 아무리 노력하고 의학이 발전해도 죽음은 사라지지 않는다. 통증도 괴로움도 완전히 제로가 될 수는 없다.

"하지만 제로에 가까워지게 하고 싶어요. 사람의 죽음도, 슬픔도, 아픔도 절대 사라지지 않겠지만 조금이라도 줄여서 제로에 가깝게 만드는 것. 그게 제가 이 일에서 찾은 보람이에요."

"그랬구나. 답을 들을 수 있어서 다행이야."

거기까지 말을 마친 독서가 씨는 눈을 감았다. 그리고 깊은 호흡을 규칙적으로 반복했다.

"푹 주무세요, 선배님."

독서가 씨의 손을 이불 속에 넣은 다키모토 씨가 다정하게 인사를 한 뒤 병실을 나갔다.

병실에 남겨진 나는 그 자리에 가만히 서 있었다.

이상한 예감이 들었다. 시곗바늘이 조용히 움직였다. 밀려왔다가 다시 멀어지는 파도처럼 병실 안에는 숨소리만이 느릿하게 울려 퍼졌다. 하지만 썰물이 지면 파도 소리가 작아지듯 독서가 씨의 숨소리도 조금씩, 조금씩 잦아들었다.

나는 곁에 무릎 꿇고 앉아 그 모습을 지켜봤다.

독서가 씨는 죽는 것이 무섭다고 했다. 부디 그 공

포를, 불안을, 조금이라도 덜고 가길 바랐다. 그런 마음을 담아 간절하게 빌었다.

독서가 씨의 호흡이 점점 느리고 가늘어졌다. 숨을 들이마시고 내뱉는 데까지 다시 몇 초가 걸렸다. 심장의 고통이 멎는 순간이 눈에 보일 것 같았다.

정적이 가득한 병실에서 독서가 씨의 숨소리에만 귀를 기울였다. 앞으로 몇 번이면 호흡이 멈추고 말 것이다. 그 순간이 오기 전, 독서가 씨의 불안을 잠재울 방법은 없을까.

나는 오로지 그 하나만 생각했다.

그때—

멀리서 개 짖는 소리가 들려왔다.

댕. 종이 울리듯 경쾌하고 감미롭게 멀리까지 울려 퍼질 듯한 힘이 느껴지는 소리였다. 그런 소리가 딱 한 번만 들린 것 같았다.

적요한 병실 안에 당연히 개가 있을 리는 없었다. 하지만 나는 독서가 씨를 마중 나온 소리라는 걸 확신할 수 있었다.

나는 기도했다.

둘의 여행길이 행복으로 가득하기를.

병실은 적막했다. 숨소리조차 들리지 않았다.

독서가 씨의 몸은 침대에 누워 있었지만 그녀는 이제 이곳에 없다.

그리고 나도 눈을 감았다.

이곳에서 사라지기 위해서.

12월 31일.

퇴직하는 그날도 나는 평소처럼 근무했다. 다키모토와 같이 업무를 보고 환자들에게 인사를 한 뒤 동료들과 정보를 공유했다. 내일도 평소처럼 이곳으로 출근하는 게 아닐까 하는 착각이 들 만큼 평소와 똑같았다.

그리고 오후 다섯 시가 넘은 시각.

"그동안 감사했습니다."

사정을 유일하게 알고 있는 오타케 씨에게 다시 한번 인사했다. 다키모토는 이미 퇴근하고 없었다.

내 병에 대해 아무것도 알리지 않은 건 미안했지만 언젠가 말하게 될 날이 오겠지. 하지만 그 언젠가가 지금은 아니었다.

나와 오타케 씨는 옷을 갈아입고 병원 밖으로 향했다. 둘 다 차로 출퇴근을 했기 때문에 주차장까지 함께 걸었다.

"나야말로 지금까지 고마웠어."

오타케 씨가 하얀 입김을 내쉬었다. 귀와 코는 추위로 빨갛게 얼어 있었다. 어쩐지 엄숙한 분위기가 된 것 같아서 마음이 편치 않았다. 더 산뜻한 기분으로 이곳을 떠날 생각이었다.

동료로서 오타케 씨와 나누는 대화를 이런 식으로 끝내고 싶지 않았다. 하다못해 다른 이야기라도 하고 싶었다.

함께 연결 통로를 지나치는데, 중정의 벚나무가 눈에 들어왔다. 중앙에 우뚝 선 벚나무는 이미 꽃을 떨구어서 얼핏 보면 벚나무인지 아닌지 구별하기 힘들었다. 가지에는 떨어진 꽃잎 대신 시리도록 흰 눈서리꽃이 얇게 피어 있었다.

나무를 보고 나는 문득 유령에 관해 떠올렸다.

다키모토가 완화의료 병동에 온 지 얼마 안 됐을 무렵, 오타케 씨와 유령에 관한 이야기를 나눈 적이 있다. 그때 벚나무도 함께 화제에 올랐다. 그러고 보니 당시 오타케 씨는 의아한 이야기를 했다.

"전에 했던 유령 이야기, 기억하세요?"

"물론이지. 이따금 소동이 벌어지는 그 이야기 말이지?"

"네, 그때 유령은 필요하다고 말씀하셨잖아요."

오타케 씨는 다키모토에게 유령을 둘러싼 소문을 들려주었다. 하지만 듣는 사람에 따라 지어낸 거라는 걸 바로 알 수 있을 정도로 이야기는 진실과 달랐다. 그렇게 지적하자 오타케 씨는 '사람은 유령을 원할 때가 있다'라는 말을 했었다.

"그거, 무슨 뜻이었어요?"

궁금했지만 그때는 일하는 중이라 자세히 묻지 못했다. 그 일이 지금에 와서 갑자기 생각났다.

"대단한 이야기는 아니야."

오타케 씨는 어딘가 부끄럽다는 듯이 그렇게 운을

뗬다.

"미련이 남아 있으면 유령이 된다는 말이 있잖아. 실은 그 반대라고 생각하거든."

"반대요?"

"죽은 사람보다는 오히려 남은 사람이 미련을 버리지 못하는 법이니까. 그런 사람이 우연한 순간에 유령을 보게 되는 거지. 설령 정체가 별것 아닌 마른 억새풀이라고 해도 말이야."

오타케 씨는 뒤돌아 나무를 올려다보더니 감개무량하다는 듯 눈을 반쯤 내리감았다. 언젠가 피었던 꽃을 그리워하는 듯한 온화한 시선이었다.

"우리는 최선을 다해서 환자를 돌보면 되는 거야. 잘 보내드릴 수 있도록. 하지만 역시 사는 동안에는 갑자기 떠나보낸 사람을 떠올리게 되지."

완화의료 병동은 환자 본인뿐만 아니라 가족의 마음을 돌보는 일도 맡고 있었다. 늘 최선을 다하지만 그래도 치유되지 않는 경우가 많았다.

나보다 경력이 오래된 오타케 씨는 분명 더 괴로운 일들을 경험했을 것이다.

"아름다운 경치를 볼 때나 맛있는 음식을 먹을 때, 기쁜 일이 생길 때면 지금은 곁에 없는 소중한 사람이 함께 있었으면, 하고. 그런 마음에서 유령을 원할 수도 있을 것 같다는 생각을 해."

그래서 오타케 씨는 유령 소문을 부정하고 싶지 않았던 걸까. 그 배려심이 나는 새삼 존경스러웠다.

"물론 아직 유령을 직접 본 적은 없지만."

진지한 이야기에 머쓱했는지 오타케 씨는 빠르게 표정을 누그러뜨렸다. 그리고 부드러운 눈망울로 나를 바라보며 말을 이었다.

"하지만 내일부터는 나도 틀림없이 유령을 보게 될 것 같아."

더할 수 없을 정도로 이별의 아쉬움이 오롯이 묻어나는 말이었다. 나는 뭐라고 대답해야 할지 몰라서 그저 조용히 머리를 숙였다.

"가능한 한 오래, 그리고 건강하게 있어 줘."

오타케 씨는 미소를 띤 얼굴로 말하며 먼저 밖으로 나갔다.

혼자 남겨진 나는 마지막으로 중정의 벚나무를 올

려다보았다. 중정을 둘러싼 거대한 병동이 마치 살아 있는 생명체인 양 나를 내려다보고 있었다.

후회는 없었다.

내가 간호사를 그만두더라도 여전히 인생은 계속 될 것이다. 앞으로 얼마나 남아 있을지 모르지만, 아직 끝이 아니었다.

앞을 향해 한 걸음 내딛었다.

이 길의 끝이 죽음이라는 것은 알고 있다. 하지만 그건 누구나 마찬가지다. 태어나는 순간, 우리는 모두 죽음을 약속받는다. 사람이 처음으로 주고받는 약속이다. 죽음을 외면하지 않고 앞으로 남은 인생을 어떻게 살아갈 것인가.

눈앞에는 아직 무한한 미래가 펼쳐져 있었다.

그리고 1년 뒤.

나는 이 병동에서 긴 잠에 들었다.

에
필
로
그

긴 꿈을 꾼 것 같았다.

눈을 떴을 때 처음으로 느낀 것은 통증이었다. 희미한 의식 속에서 몸 전체가 아프다는 것만 느낄 수 있었다.

내가 눈을 뜨자, 간호사는 바로 각 부서에 알렸다. 그 후 나타난 주치의와 할아버지 말에 따르면 내가 아르바이트를 마치고 돌아오는 길에 큰 사고를 당한 모양이었다. 그래도 다행히 인명 피해 없이 끝난 사고였다. 길고양이를 피하려다가 오토바이가 넘어졌고 도로를 나뒹굴면서 온몸이 여기저기 부딪힌 것 같았다. 거기까지는 가까스로 기억났다.

그러나 그 뒤부터 내 기억은 뚝 끊겼다. 부상이 심

각해서 다시 깨어날 수 있을지 예측할 수 없을 정도로 꽤 위험한 상태였다고 한다.

사고가 난 건 10월 하순이었다. 의식을 되찾은 게 1월 1일. 다시 말해 나는 두 달이 넘도록 혼수상태에 빠져 있었고, 그사이 해가 바뀌었다.

내가 두 달 넘도록 생사의 경계를 넘나들었다니. 이렇게 무사히 눈을 뜬 지금 이 순간이 왠지 남의 이야기처럼 느껴졌다. 그렇지만 의식을 회복한 뒤에 느껴지는 통증이나 불쾌감은 생생했고 그 느낌은 분명히 내 것이었다. 나는 치료와 재활에 시간을 들여 전혀 말을 듣지 않는 몸을 조금씩 되돌려 갔다.

잠들어 있는 동안 이상한 꿈을 꾸었다.

대부분은 이미 잊어버렸지만, 꿈속에서도 이 병원에서 아르바이트를 계속했던 것 같다. 입원한 병원과 아르바이트 장소가 같아서 그런 꿈을 꾸었는지도 모른다. 의식을 회복하면서 눈 깜짝할 사이에 몇 달이 지났다.

완연한 봄으로 접어든 3월.

병원 중정에 있는 벚나무는 이미 꽃을 피웠다. 또
한 계절이 지나고 나서야 나는 비로소 외출할 수 있
게 되었다. 의식을 회복한 당시에는 기억력이 나빠지
거나 체력이 떨어지는 후유증이 있었지만, 지금은 거
의 느껴지지 않았다. 이제 복학도 하고 아르바이트도
다시 할 생각이었다.

"료, 건강해져서 정말 다행이야."

눈물을 글썽이며 자기 일처럼 기뻐해 준 사람은 병
원 매점의 하마다 씨였다. 나와 비슷한 또래의 아들
이 있어서 남 일 같지 않았다고 했다.

"다시 한번 잘 부탁드릴게요."

할아버지는 아르바이트 같은 건 안 해도 된다고
하셨지만 나는 이곳에서 다시 일하고 싶었다.

기억은 잘 나지 않아도 그렇게 해야만 할 것 같았
다. 혼수상태였을 때 꾼 꿈에 그 이유가 있는 것 같
았는데 확신할 수는 없었다.

"아, 맞다!"

하마다 씨는 손뼉을 한 번 치고 뒷마당으로 가더

니 얇은 노트 한 권을 손에 들고 돌아왔다.

"이거, 아무래도 료한테 온 것 같아."

하마다 씨가 내민 노트 표지에는 아무것도 쓰여 있지 않았다. 군데군데 찢겨진 페이지가 이상했다.

"간호사 가나 씨가 환자한테 받은 건데, 아르바이트생한테 전해 달라는 부탁을 받았대."

심장이 세게 뛰었다. 가나 씨라면 그 분홍색 시계를 갖고 다니는 간호사가 분명했다. 성은 아마도 다키모토. 왠지 그런 느낌이 들었다.

"이름은 모르지만 젊고 붙임성 좋은 남자 아르바이트생한테 전해 달라고. 우리 매점에서 아르바이트하는 사람 중에 젊은 사람은 료밖에 없잖아?"

"어느 병실의 환자인지는 못 들으셨어요?"

"작년 겨울에 유료 병실에 입원했던 사람이 아닐까? 장식할 것도 아니면서 포스터 같은 걸 사들이던 좀 특이했던 환자 말이야."

그렇다면 노트의 주인은 남작이 틀림없었다. 이 노트도 왠지 낯이 익었다.

"그러고 보니 그 사람이 나한테 료에 관해 물어본

적이 있었어. 그래서 크게 다쳐서 입원해 있다고 전해 줬거든. 그 말을 듣더니 굉장히 놀라더라고. 반응이 하도 이상해서 지금도 기억한다니까."

"그런 일이 있었군요."

남작이 나를 걱정했다니, 의외였다.

"노트 고맙습니다. 읽어볼게요."

처음엔 오늘은 인사만 한 뒤 집에 가서 읽을 생각이었다. 그런데 차라리 여기서 읽는 게 나을 것 같았다. 나는 매점 앞 복도에 마련된 취식 공간에 앉아 노트를 펼쳤다.

노트에는 남작의 글씨체로 추억담부터 온갖 지론이 정성스럽게 기록되어 있었다. 그 삐딱한 문체가 어딘지 모르게 친근했고 서글펐다. 나는 순식간에 남작의 이야기에 빨려 들어갔다.

마지막 페이지까지 다 읽은 후 나는 노트를 덮었다. 남작은 무사히 수기를 마무리할 수 있었던 모양이다. 노트 속에는 남작다운 원망과 분노도 담겨 있었지만, 따뜻한 마음도 분명히 남아 있었다.

나는 매점에 있는 하마다 씨의 동정을 살폈다. 상

품을 진열 중인 하마다 씨는 내가 노트를 다 읽은 걸 모르는 눈치였다. 조용히 자리를 뜨기 좋은 타이밍이었다. 수기의 결말은 나와 남작만의 비밀로 남기기로 했다. 분명 남작도 찬성할 것이다.

나는 노트를 가방에 넣고 자리에서 일어섰다. 그때, 복도 안쪽에서 한 여성이 이쪽으로 다가오고 있었다. 분홍색 시계의 주인, 다키모토 가나 씨. 그런데 오늘은 벌써 퇴근하는지 사복 차림이었다. 혹시 하마다 씨가 나를 이곳에 붙잡아 둔 이유가 다키모토 씨와 만나게 하려는 의도였을까.

이유가 무엇이든 괜한 참견이다. 나는 마음의 준비가 필요했다. 나는 부리나케 도망치기 위해 한 발짝 뒤로 물러섰다.

다키모토 씨와 이야기는 해보고 싶었다. 언젠가 꼭, 말은 걸어볼 생각이었다. 그러나 그 언젠가가 오늘은 아니다. 아무리 이르더라도 내일이 좋을 것 같았다. 아니, 제대로 하려면 좀 더 뒤로 미루는 게 낫다. 적어도 오늘은 아니다.

두 걸음 뒤로 물러서는 순간, 문득 발이 멈췄다. 어

쩐지 이대로 돌아서면 안 될 것 같았다.

나는 한 걸음 앞으로 발을 내딛었다.

어떤 말부터 꺼내야 할지 아직 정하지 못했지만, 아무래도 상관없었다. 매점 일이나 남작, 독서가 씨에 관한 이야기도 좋을 것이다. 아니면 잠든 동안 꾸었던 길고 긴 꿈에 대한 이야기는 어떨까.

다키모토 씨가 내 이야기를 즐거워할 수도 있지만 냉담하게 반응하거나 불쾌하게 느낄지도 모른다. 그래도 어쨌든, 아직 내 인생은 계속되는 중이다. 그 사실만은 잊어버리고 싶지 않았다.

"저기."

내 목소리에 다키모토 씨가 돌아봤다.

그리고 나는 죽음이라는 끝을 향해 한 걸음씩 내딛어야 할 인생을 다시 시작해 보려 한다.

작가의 말

　요즘 들어 '살면서 타인의 죽음을 마주해야 할 날들이 얼마나 될까'라는 생각을 자주 합니다.

　얼마 전까지 '죽음'은 그저 나만의 것이었습니다.

　나는 언제, 어디서, 어떤 식으로 죽음을 맞이할까? 미련이 남지는 않을까? 어렸을 때부터 그런 생각만 한 것 같은 기분이 듭니다. 하지만 나이가 들면서 타인의 죽음을 접할 기회가 늘었습니다.

　그때마다 죽음은 역설적일 정도로 평등하게 선고된다는 사실을 깨닫습니다.

　소중한 이의 죽음을 배웅할 때 나의 일부도 함께

죽어가는 느낌입니다. 똑바로 서는 것조차 힘들 만큼 홀로 남겨진 듯한 외로움과 불안, 그리고 후회가 나를 뒤흔듭니다. 그 아픔을 잊게 되는 날은 분명 오지 않을 겁니다.

하지만 그 아픔 또한 소중한 이로부터 받은 선물이라고 생각하면 다시 일어설 수 있습니다. 아물지 않는 상처와 상실감이야말로 세상을 떠난 이가 얼마나 소중했는지를 알려주는 증거이고, 그 사람에게서 둘도 없는 추억을 선물받았다는 반증입니다.

살아 있는 한 누군가의 죽음을 마주하는 일은 피할 수 없습니다. 그것이 나와 깊은 인연이 있는 소중한 존재일 수도 있고, 인연도 혈연관계도 전혀 없는 사람일 수도 있습니다. 그러나 한 사람의 역사를 마지막까지 지켜보는 일은 살아 있는 사람만이 할 수 있는 소임입니다.

아픔과 함께 이를 받아들이는 일이 부족할지라도 먼저 떠난 이를 위한 전별이 될 수 있다면. 그 생각에서 죽음을 배웅하는 이야기를 썼습니다.

누군가를 먼저 보내야 했던 사람도 언젠가는 배웅

을 받게 됩니다. 그러나 그 죽음 또한 지켜봐 줄 누군가가 있기에 인생도, 이야기도 계속 될 수 있습니다. 그러므로 이 작품은 '당신이 잠들 때까지의 이야기'라고 할 수 있습니다.

이번에도 많은 분의 도움으로 이렇게 세상에 이야기를 내놓을 수 있었습니다. 정말 감사합니다.

끝까지 읽어주신 독자분들께도 깊은 감사를 드립니다.

누군가의 상실감에 아주 조금이라도 위로가 되는 이야기가 되었으면 합니다.

2023년 8월

도노 가이토

그리고 밤은 온다

초판인쇄   2025년 2월 10일
초판발행   2025년 2월 20일

지은이
도노 가이토

옮긴이
김도연

기획
조성근, 권진희, 최미진,
주상미, 김가원

편집
김가원, 최미진

디자인
진지화

표지그림
박혜(@parkhye_n3)

마케팅
조성근, 주상미, 이승욱, 왕성석,
노원준, 조성민, 이선민

온라인 마케팅
권진희, 주상미

펴낸이
엄태상

펴낸곳
(주)시사북스

등록번호
제2022-000159호

등록일자
2022년 11월 30일

주소
서울시 종로구 자하문로 300
시사빌딩

전화
1588-1582

이메일
emptypage01@sisadream.com

ⓒ도노 가이토

ISBN
979-11-93873-06-9   03830